나는
늙지
않는다

나는 늙지 않는다

김삼진 수필집

bookin

다시 아이가 되어 쓰는 '부모님 이야기'

7년 전에 등단을 하고 수년이 지나니 친구들은 책을 내라고 성화였습니다. 그러나 도나캐나 책을 내는 세상이 됐다느니, 남이 장에 가니 거름 지고 나서느냐는 등의 말을 들을까 두려워 그냥 지나치곤 했습니다. 근년에 부모님을 모시는 일상을 몇 편 발표를 했더니 이번에도 문우들이 부모님이 건강하실 때 책을 내서 안겨드리면 얼마나 기뻐하시겠느냐며 출간을 권했습니다. 듣고 보니 그간 불효했던 것에 대한 죄책감을 조금이나마 덜 수도 있겠다는 생각에 솔깃했습니다. 그러나 제 글에 자신이 없는데다가 몇 작품 되지도 않았고 더군다나 효자도 아닌 사람이 효자인 양 비칠지도 모른다는 생각에 또 차일피일 미루게 되었습니다.

그러는 사이에도 시간은 자꾸 흘렀는데 부모님의 나이 또한 머물지 않더군요. 나이에도 가속도가 붙는지 부모님의 노화는 한 달이 다르고 두 달이 달랐습니다. 이러다가 큰 후회를 하고야 말 것 같다는 생각이 들어 서둘러 책을 내게 된 것입니다.

그러한 연유로 이 책에는 부모님의 이야기가 많습니다. 고희를 바라보는 제가 부모님을 모시면서 얻은 가장 큰 보물은 다시 아이가 되었다는 것입니다. 저녁마다 어머니는 문단속 잘 해라, 전기 꼭 끄고 자라고 하십니다. 모임이 있어서 외출을 하면 아버지는 제가 돌아올 때까지 주무시지 못합니다. 마흔에 가까운 두 아들을 두었으면서도 부모님 앞에서는 우물가에 내놓은 아기에 불과합니다. 그렇게 자식을 걱정하는 아흔아홉의 아버지가 어머니에게 장가를 보내달라고 조릅니다. 백발이 된 아내를 어머니로 오인하시고 며느리를 들여 편하게 모시겠다는 뜻입니다. 아버지의 '자식과 부모에 대한 한없는 사랑과 책임감'을 곁에서 지켜보며 나는 늙을 수 없다고 다짐합니다.

2015년 3월
김삼진

차례

제1부 그해 겨울

제2부 나는 늙지 않는다

제3부 설마이즘과 귀차니즘

제4부 나를 울려주는 봄비

제1부

그해 겨울

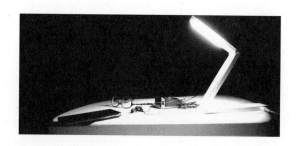

어제의 외출은 그런 나를 다시 세상 속으로 끌어들였다. 무심한 듯
살펴주는 친구들의 배려심, 나보다 실패 경험도 많고 형편이 어려운
친구가 내 손에 쥐어준 몇 푼의 택시값, 외롭고 가난한 정 노인이 차
려준 투박한 밥상이 있는 세상. 이런 세상이라면 아직 살아볼 만하
지 않은가?

용불용설 用不用說

한 젊은이가 벨을 눌렀다. 버튼을 눌러 출입문을 열어주었더니 손에 들고 있던 종이를 내밀었다. A4 용지에는 내가 해득할 만한 중국어 넉 줄이 쓰여 있었다.

한 달 사는데
8월 30일부터
임대료가 얼마
그 외의 비용은?

그 밑엔 번역 프로그램으로 번역되었음직한 이해부득의 한글이 역시 넉 줄 쓰여 있었다.

사는 달
8월 30일에서 시작
얼마나 많은 임대
다른 비용은 당신이 있습니다.

나는 빙긋 웃으며 머릿속에서 녹슬어 있는 중국어를 끄집어냈다.
"중국인이군요, 방을 구하세요?"
발음은 대학에서 4년간 배운 북경 표준어였다. 젊은이의 눈이 화등
잔만 해지더니 마치 이역만리에서 고향친구를 만난 듯 속사포처럼 중
국어를 쏟아내기 시작했다. 전혀 알아들을 수가 없었다. 그러나 며칠
만에 오아시스를 만나 갈증을 풀겠다는 이 젊은이를 실망시킬 수는 없
었다. 그는 할 말을 다 했는지 아니면 내 난감해 하는 표정을 눈치챘는
지 말을 그치고 나를 쳐다보았다. 내가 물었다.
"영어를 하느냐?"
"물론."
"그럼 미안하지만 영어로 다시 이야기해 줄래? 아주 천천히."
"오케이."
그는 어깨를 살짝 추키더니 세련된 제스처로 영어를 하기 시작했다.
처음엔 좀 알아들을 만했다. '내 이래 뵈도 20년 전에는 영어로 회의를

했던 사람이야.' 그런데 내가 '오우, 리얼리?' 어쩌구 해가면서 맞장구를 쳐주자 이 친구가 힘을 받았는지 다시 속도가 빨라지기 시작했다. '젠장, 알아듣는 척을 하질 말아야지. 중국 사람들이 하는 영어는 알아듣기 어렵단 말이야.'

이것 역시 못 알아듣기는 마찬가지였다. 나는 외국어를 내용보다 제스처에 치중해서 배운 것을 이날처럼 후회해본 적이 없다. 용불용설用不用說이라더니. 나는 이 문제를 어떻게 풀어나가야 할지를 생각하며 그의 입을 바라보고 있었다. 그때 고시생 두어 명이 들어왔다. 나는 재빨리 미소 지으며 부드러운 발음으로 말했다.

"리얼리?"

그 반문이 시의 적절했는지는 중요하지 않았다. 에이스 고시원의 명예를 등에 지고 있는 내가 우습게 보이면 안 되니까.

문득 생각해보니 사실 어려울 게 없는 일이다. 이 중국인은 방을 구하기 위해서 온 것이고 나는 있는 방을 그에게 빌려주면 되는 것이다. 거기다 이 친구는 가장 기본적인 질문서를 이미 자기가 써 가지고 왔다. 한 달을 살 것이며, 8월 30일부터 살게 될 것이다. 얼마냐? 그리고 그 외의 비용은 없느냐? 이거다. 이건 내가 잠꼬대를 할 만큼 잘 알고 있는 기본 정보 아닌가. 무엇 때문에 아는 척을 해서 지금 이 고생을 하고 있는가?

"방을 보겠나?"

"물론."

이 친구는 내가 가장 자신 있게 알아듣는 말이 '물론'이라는 것을 눈치챘나 보다.

나는 방을 보여주었다. 그는 감탄을 하며 '굿'을 연발했다. 그리고 이것저것 물어보았다. 대화에서 자신감을 이미 상실한 나는 간단한 영어로 기다리라고 말해놓고 백지와 볼펜을 들고 갔다. 그리고는 백지를 내놓고 볼펜을 주며 여기에 쓰라고 했다. 우리는 필담으로 매우 훌륭한(?) 의사소통을 했다.

우리는 계약을 했다. 계약 전에 그는 손에 들고 있는 종이뭉치를 보여 주었다. A4 사이즈의 그 종이는 아까 내게 보여준 그 내용이 프린트되어 있었고 옆에는 이 친구가 쓴 듯 고시원의 이름, 전화번호, 입실료 등이 쓰여 있었다. 언뜻 봐도 예닐곱 장이나 되었다. 방을 구하려고 다닌 고시원 숫자를 짐작할 만했다. 가는 곳곳 손짓발짓으로 고생깨나 했지 싶었다. 말이 안 통해 여기까지 오게 된 것이리라. 그는 아주 만족한 표정으로 내게 넘버원이라고 엄지를 치켜세우며 그랬다.

"당신은 중국어도 하고 영어도 하고 한자도 잘 쓴다. 최고다."

나는 두 손바닥을 펴서 앞으로 내밀며 어깨를 살짝 추켰다 놓으며 그랬다.

"그건 당신 복이야."

구시렁

뉴스마다 가뭄이라고 걱정이더니 비가 온다. 빗줄기가 가늘어 곧 멈출 듯도 싶지만 우산을 펴들고 나왔다. 가을비가 추적추적 포도에 뒹구는 낙엽 위로 뿌려진다. 우산 위로 떨어지는 빗소리는 쓸쓸하고 낙엽 위로 떨어지는 빗소리는 구슬프다.

지방연구소에 근무하는 아들놈이 출장을 가는데 집에 있는 여권을 서울 본사에 전해 달라고 전화를 했었다. 그것을 갖다 주고 돌아가는 길이다. 회사에서 한참을 걸어 내려와 전철을 탔다. 다리가 아프다. 퇴근 시간으로는 좀 일러서인지 자리가 꽤 있다. 서두르지 않고 품위 있는 걸음으로 가도 자리에 앉을 수 있다. 여유가 좀 생긴다. 앉기가 무섭게 옆구리에 찬 휴대폰이 울린다. 아내다. 아들놈에게 본사에서 여권을 잘 받았다고 전화가 왔단다. 아내가 자기한테 들러서 같이 퇴근하자고 한다. 아내는 석 달 전부터 일을 나가고 있다. 맞벌이하는 조카의 애들을 봐주는 일이다. 아침 6시 반에 나가서 저녁 9시가 다 되어 파김치로 돌아온다. 아내가 있는 잠원동까지 가면 6시 반이다. 그럼 난 두 시간 동안 뭘 하나? 쉬고 싶어서 그냥 집으로 가겠다고 했다. 먼저 가서 더운밥이라도 차려주는 게 낫다. 애 보는 일이 어디 쉬운가. 내가 술자리 약속이라도 있으면 저녁을 못해 준다. 그런 날은 어김없이 라면 끓여 먹은 흔적이 남아 있다. 지쳐서 밥하기가 귀찮아서일 것이다. 그래도 밥을 먹어야지 하며 혀를 끌끌 찬 일이 한두 번이 아니다. 밥 먹고 나면 말 한마디 나눠볼 틈도 없이 TV를 켜놓고 잠들기 일쑤다. 불쌍하다. 사모님 소리 들을 때가 좋았지. 가겠다고 할 걸 그랬나?

　맞은편 사람들이 눈에 들어온다. 대부분 지친 모습이다. 왜 지하철엔 아침이나 저녁이나 지쳐 보이는 사람들만 탈까? 아침엔 아침대로 자는 사람이 반이고 저녁엔 저녁대로 자는 사람이 반이다. 아침에 잔 사람이 저녁에도 자겠지? 아마 그럴 거야. 바로 맞은편은 여고생이다. 체중이 70킬로는 넘을 것 같다. 눈매가 삐딱한 게 공부 잘할 학생은 아닌 것 같다. 잠시 후 보니 자고 있던 애가 언제 깼는지 얼굴에 파운데이션 패드를 두드리고 있다. 눈을 치뜨고 내리뜨며 톡톡 패드를 두드리는 모습이 딱하기조차 하다. 두드린다고 나아질 얼굴이 아닌데. 아마 강남역에서 내리겠지?

그 옆의 아가씨는 날씨가 쌀쌀한데도 짧은 치마를 입었다. 희멀끔하게 쭉 뻗은 다리로 눈길이 간다. 그걸 점잖은 척 안 보는 건 위선이다. 눈길을 느꼈음인가? 곱지 않은 시선과 마주친다. 겸연쩍어 얼른 시선을 돌린다. '아저씨 보라고 이렇게 입은 건 아니지. 신경 *끄셔*'라고 말하는 것 같다. 뭐야? 그럼 아예 그런 것을 입지 말던지. 예쁜 다리 봐달라고 그렇게 차리고 다니는 거 아닌가? 도대체 여자들 속을 모르겠단 말이야. 안 봐주면 또 안 봐준다고 삐칠 걸?

출구 쪽에 대학생인 듯한 녀석이 샌드위치를 먹고 있다. 요즘 지하철에서 자주 보는 광경이다. 어디 샌드위치뿐이랴. 김밥이며 종이컵에 담긴 떡볶이도 먹는 걸 봤다. 먹는 모습을 저렇게 공개적으로 보여도 되는 건가? 다른 사람이 먹는 음식 냄새는 왜 그렇게 싫은지 모르겠다. 구석에서 조심스레 먹는 것도 아니다. 남들이 보거나 말거나 꾸역꾸역 먹는다. 다른 한 손엔 우유까지 들려 있다. 저렇게 먹어서 살로 갈까? 요즘 젊은 아이들, 먹는 때가 따로 없다. 우리 집만 해도 전부 따로 먹는다. 개인주의 사회의 풍속도다. 난데없이 '전화 왔어요'라고 누가 소릴 친다. 벨 소리도 별나구먼. 소리 나는 쪽으로 눈이 간다.

"응, 지금 가고 있어. 가만 있자. 여기가 ○○이니까 이십 분 후엔 도착할 거야. 아, 그게 말이야, 그건 육백짜릴 써야 해. 오백짜리는 부하가 걸려."

소리 나는 쪽을 보니 오십 중반쯤 되어 보이는 사내가 제 소리가 얼마나 큰지도 모르는지 마치 상대가 눈앞에 있는 양 제스처까지 써가며 통화를 하고 있다. 무슨 공사에 관계되는 이야기를 하고 있는가 보다. 짧은 다리를 용케도 꼬고 앉았다. 쉽게 끝날 전화가 아니다.

"안 돼, 안 돼, 그거 바꿔, 바꿔. 지금 당장은 몰라도 일 년도 안 돼서 갈아야 할 거야."

손사래까지 친다. 공해야 공해. 우리가 왜 저 이야기를 듣고 있어야 해?

문이 열리고 사람들이 내리고 새로운 사람들이 탄다. 앗! 저건 또 뭐야? 전신이 빨간 색이다. 빨간 윗도리에 빨간 바지, 빨간 대창모자, 그리고 목이 긴 빨간 운동화. 시선을 집중시키기에 충분한 모습이다. 빨간 색 군복도 있었나? 60대 중반의 남자다. 대창모자에 황금색 자수로 해병대 마크가 새겨져 있는 걸로 봐서 해병대 출신임에 틀림없다. 오랜 군 생활로 다져졌을 몸매다. 전형적인 현역시절의 모습이 오버랩 된다. 무표정한 그는 타자마자 지하철 진행방향으로 떡 하고 버티고 선다. 승객들은 무심한 척하면서도 홀연히 나타난 튀는 복장의 사나이의 일거수일투족을 살핀다. 그가 움직인다. 빨간 형광봉을 지휘봉인 양 들고 뒷짐을 지고 한가운데를 직립자세로 통과한다. 뚜벅뚜벅. 나는 내무반에서 일석점호를 취하고 있는 착각에 빠진다. 그는 한 구간을 걷더니 '뒤로 돌아갓!'이라는 구령이라도 받은 것처럼 절도 있게 뒤로 휙 돌아서 뚜벅뚜벅 걷는다. 이제 그는 관심의 표적이 되는 데에 성공했다. 그의 움직임에 시선들이 따라온다. 처음 섰던 그 위치로 돌아오더니 다시 절도 있게 뒤로 돌아 차렷 자세다. 그러더니 날카로운 눈매로 좌석을 죽

훑는다. 사람들이 긴장한다. 나도 모르게 침을 삼킨다.

"예수를 믿으시오."

그는 절도 있는 거수경례로 마감한다. 나도 모르게 오른손이 답례를 할 듯 움찔한다. 거의 동시에 전철이 서고, 출입문이 열린다. 그가 내린다. 타이밍 연출이 기가 막히다. 와! 나는 감탄한다. '저거야 저거.' 내 옆자리에서 게임 삼매경에 빠져 있던 젊은 친구도 입을 벌리고 그 모습을 보다가 낄낄거리더니 다시 게임에 집중한다. 내가 이제까지 보아온 전도 중 가장 인상적인 전도다. 저렇게 전도를 한다고 해서 안 믿는 사람이 믿게 될까마는 에스컬레이터를 타고 내려오다 갑자기 두 손을 위로 쳐들며 예수를 믿으라고 고함치는 것보다는 훨씬 멋있다.

그가 내리고 아줌마 둘이 탄다. 두리번거리는 품이 예사롭지 않다. 한 블록 건너 자리가 나자 아줌마 하나가 몸집에 어울리지 않게 날렵하게 움직인다. 이미 빈자리 앞의 중년 남자는 앉으려는 몸짓이다. 누가 보아도 그 자리는 중년 남자의 자리다. 아줌마는 얼른 핸드백을 그 자리에 던진다. 중년 남자는 느긋이 앉으려다가 엉덩이에 이물을 느끼고는 벌떡 일어나 내려다본다. 그 사이에 아줌마는 핸드백을 들며 잽싸게 앉는다. 중년 남자가 쓴 웃음을 짓는다. 자리를 잡은 아줌마는 중년 남자를 본체만체하며 동행을 부른다. 그들은 다음다음 정거장에서 내렸다. 아니 겨우 세 정거장을 갈 거면서 그 안달을 했단 말인가?

저쪽에서 한쪽 팔이 뒤틀린 젊은이가 앉아 있는 사람들에게 쪽지를 나누어 주며 오고 있다. 못 본 척하는 사람들이 대부분이다. 무릎에 놓인 쪽지를 잡으려 하지도, 보려 하지도 않는다. 바닥에 떨어지는 쪽지도 있다. 한 여자가 핸드백을 열어 천 원짜리 한 장을 준다. 그는 무표정하게 고맙다고 인사를 하고 무효 쪽지를 걷는다. 유효 쪽지는 몇 프로나 될까? 5%? 2%? 그나마 저렇게 번 돈은 제가 다 갖게 될까?

저 자식, 저거. 아까부터 맞은 편 구석 맨 끝자리에 앉은 저놈이 맘에 안 든다. 깍두기머리, 새파란 실크 셔츠를 받쳐 입은 노타이의 기름진 얼굴. 마흔이나 넘었을까? 풀어헤친 목 밑에 굵은 금목걸이가 번쩍인다. 요즘 경제가 바닥을 친다더니 조폭도 지하철을 타는구나. 그는 팔짱을 끼고 다리를 통로 한가운데까지 뻗은 채 자고 있다. 가랑이는 벌릴 수 있을 만큼 다 벌렸다. 그 사이로 두 사람은 들어가겠다. 어디서 배워먹은 버릇이야? 계속 못마땅한 눈초리로 그를 째려보지만 그는 끄떡도 않는다. 하긴 녀석이 멀쩡하게 눈을 뜨고 있다면 내가 어디 감히 그 쪽으로 얼굴이나 돌릴 수 있을까? 내가 다음 정거장에서 내리면 저 꼴은 안 보겠지.

에스컬레이터를 타고 올라가며 아내에게 차려줄 찌개를 걱정한다. 냉장고에 뭐가 있지? 두부가 좀 남았던가? 된장찌개는 어제도 했는데……. 계란이 많이 있던데 그걸로 계란찜이나 해볼까?

그해 겨울

회사를 정리한 후 나는 잠수 중이었다. 사업과 관련되는 사람들과는 물론, 허물없이 지내는 친구들과도 연락을 끊고 지냈다. 살 곳이 없어져 아버지가 산을 돌보기 위해 지어놓은 오두막으로 들어온 것이 5월초였는데 벌써 12월이 되었다. 이젠 이곳 생활에도 웬만큼 적응이 된 듯도 하다.

이곳은 국도에서 2킬로미터쯤 떨어진 남한산성 밑자락이다. 집은 십여 호이나 사람이 살고 있는 집은 절반쯤이다. 이렇게 궁벽진 마을에 살다 보니 씻지 않아도, 깎지 않아도 되고, 갖춰 입을 일도 없었다. 배 고프면 먹고, 졸리면 자고, 마시고 싶으면 마시며 지낼 수도 있다는 것이 이렇게 좋은 일인지 처음 알았다.

새벽에 일어나면 신선한 공기에 끌려서 산책을 나갔다. 비가 오면 우산을 쓰고라도 개울가를 따라 물소리를 들으며 걸었다. 그럴 때면 반포 아파트 시절부터 십 년을 넘게 같이 살아온 개가 어슬렁어슬렁 앞장을 섰다. 휘파람을 불어주면 녀석은 느릿느릿 꼬리를 흔들었다. 말을 하지 않아도 교감할 수 있다는 것이 좋았다.

서툴지만 텃밭을 가꾸었다. 윗집 정 노인이 가르쳐주는 대로 땅을 뒤집고, 고르고, 퇴비를 주고, 씨를 뿌렸다. 지치면 정 노인과 밭에 퍼질러 앉아 열무김치를 안주삼아 막걸리를 마셨다. 30년 직장생활에 대한 노고를 보상받는 기분이었다.

그해 겨울, 고등학교 동창회 총무 K가 전화를 했다. 이제는 얼굴을 비칠 때도 되지 않았느냐며 이번 송년회만큼은 참석해 달라고 종용했다.

"야, 임마. 일 년이 다 되어 간다. 너 보고 싶어 하는 친구들이 많다."

"돌아오기가 힘들어서 말이야. 차도 없고……."

궁색한 핑계를 대긴 했지만 친구들이 궁금했다.

친구들은 나를 반겨주었다. 술잔이 쉴 새 없이 돌아왔다. 뒤로 슬그머니 와서는 어깨를 툭 치며 술잔을 채우는 친구들이 고마웠다. 판이 끝나갈 즈음 회비를 걷으러 다니는 K가 나를 슬쩍 비켜 갔다. 모임이 끝나고 아이들과 아내가 있는 공덕동으로 갈까 망설이는데 C가 다가왔다.

"내가 한 잔 살게, 오붓이 둘이 한 잔 더 하자."

"그래? 좋지. 너와 단 둘이 한 잔이 얼마만이냐?"

C는 내가 제대를 하고 복학할 무렵 우리 집에서 가까운 동네로 이사를 왔다. 그래서 둘이 술을 자주 마셨다. 그는 그때 이미 직장인이었으므로 대부분 술값을 그가 냈다. 직장운이 좋지 않았던 그는 몇 곳을 더 옮겨 다니다가 소식이 끊겼는데 한참 후에 출가하여 스님이 되었다는 소문이 돌았다. 30년도 더 된 일일 것이다.

장삼차림의 그는 거리낌 없이 곱창집 문을 드르륵 열었다. 연탄화덕에 올려진 석쇠판에선 옛 우정이 곱창과 함께 모락모락 연기가 되어 피어올랐다. 술이 거나하게 취한 우리는 비틀거리며 술집을 나섰다. 무척 추운 날이었다. 그가 내 주머니에 뭔가를 찔러 넣었다.

"추운데 산으로 가지 말고 마누라한테 가라. 몇 푼 안 된다. 택시 타고 가라."

"야, 임마, 내가 중놈한테 시주 받아야 되겠냐?"

우리는 낄낄거리고 웃었다. 차에 타자 마음이 바뀌었다. 취한 모습으로 공덕동에 가고 싶지 않았다. 하남 부모님에게 가는 건 더 그랬다.

깨어 보니 아침, 여덟시 반이다. 어젯밤의 일이 솔솔 떠올랐다. 배가 고팠다. 거실로 나가 쌀을 씻으려고 수도를 트니 꼭지가 돌아가지를 않았다. 거실 안의 수도가 어는 일은 드문 일이다. 물이 조금씩이라도 나오게 꼭지를 틀어 두었어야 했는데……. 술에 취해 오자마자 자기 바빴던 탓이다.

옷을 든든히 차려 입고 털모자에 발토시까지 하고는 마당으로 나갔다. 새끼줄로 칭칭 감고 헌 이불로 몇 겹씩 꽁꽁 싸놓은 마당의 수도를 힘들여 풀었다. 가스토치로 수도관 밑에 화염을 쏘아 녹여 보려 했지만 어림도 없다. 불쏘시개와 장작을 가져다가 수도 밑에 놓고는 불을 질렀다. 불은 활활 잘 타올랐다. 그러나 불 주변의 묵은 눈만 녹일 뿐 한 시간 이상이 지나도 부엌의 수도는 반응을 보이지 않았다. 배가 몹시 고팠다. 두터운 양말을 두 개나 신고 등산화를 신었지만 발은 시리다 못해 아파왔다. 장갑도 무용지물이었다. 한숨이 나왔다.

정 노인네 우물에 가서 물을 길어다 밥을 해야겠다는 데에 생각이 미쳤다. 빈손으로 가기가 뭣해서 냉장고에서 두부 한 모와 냉동해 놓은 육개장 한 봉지를 가지고 올라갔다. 정 노인네 굴뚝에서 흰 연기가 피어오르고 있는 것을 보자 따끈한 방바닥에 언 몸을 녹이고 싶은 생각이 간절했다. 문간에서 헛기침을 하고 뜸을 들이다가 여닫이문을 열었다. 좁은 방안에서 온기가 훅 끼치며 안경에 김이 서렸다. 짚신을 삼던 노인이 일손을 멈추고 쳐다보았다.

"예서 잤어? 보일러에 기름도 떨어졌다며?"

"전기장판 켜고 잤죠. 무지 춥네요. 밥을 하려고 수도를 트니까 얼었더라고요. 아침부터 불 피우고 난리를 쳤어요. 물 좀 길어 갈게요."

"그거 아주 깊게까지 얼었을 거야. 풀리는 데 좀 걸릴걸. 그럼 여태 아침도 못 먹었겠네?"

"예."

"그럼 여기서 먹고 가."

나는 어느 새 등산화 끈을 풀고 있었다. 배가 몹시 고팠으므로 염치 불구하고 방안으로 들어갔다. 냉장고를 열어 두부와 육개장을 넣었다. 정 노인은 방바닥을 엉금엉금 기며 바쁘게 움직였다. 냉장고를 열더니 내가 넣어둔 육개장을 꺼냈다.

　"이게 뭐야?"

　"육개장이에요. 이따가 드시라고……."

　"저기가 뜨뜻해. 저리 앉아 있어."

　"그냥 앉아 계세요. 제가 알아서 차려 먹을게."

　"저 냉장고 위에 냄비 좀 꺼내줘."

　정 노인이 냄비에 냉동 육개장을 뜯어 넣고 가스 불에 얹었다.

　"아저씨 드시라고 가져온 건데……."

　정 노인은 들은 척도 하지 않았다.

　"커피 한 잔 타줄까? 추울 땐 따끈한 커피 한 잔 하면 풀리더라구."

　"예, 좋죠. 아침부터 어찌나 떨었는지……."

　정 노인은 커피를 타서 내게 주었다. 잔 주위에 김치국물이 얼룩얼룩 묻어 있었다.

　"마셔봐, 추위가 가실 거야. 옷 잘 입고 뒈진 거지는 있어도 잘 먹고 뒈 진 거지는 없다는 거야."

　냄비 뚜껑이 달그락거리며 김을 뿜었다. 정 노인은 절뚝이며 일어나 뚜껑을 열었고 나는 국그릇에 두어 주걱의 밥을 퍼담은 다음 끓고 있는 육개장을 쏟아부었다. 김치도 반찬도 없었지만 시장한 나는 허겁지겁

퍼먹었다. 정 노인은 밥 먹는 모습을 물끄러미 지켜보며 막걸리 잔을 비웠다.

"나야 어려서부터 어렵게 살아왔지만 자넨 아니잖아, 많이 힘들지?"

"글쎄요, 어려운 거 잘 모르겠어요."

"말이야 그렇게 해도 어디 이런 고생 겪어 봤어? 수도가 얼어서 밥을 못 해먹고, 그거 녹이려고 불 때고…….'"

"닥치면 다 하게 되어 있어요."

"밥 더 있어, 더 먹어. 떡도 있어. 떡도 먹고."

어제의 외출은 그런 나를 다시 세상 속으로 끌어들였다. 무심한 듯 살펴주는 친구들의 배려심, 나보다 실패 경험도 많고 형편이 어려운 친구가 내 손에 쥐어준 몇 푼의 택시값, 외롭고 가난한 정 노인이 차려준 투박한 밥상이 있는 세상. 이런 세상이라면 아직 살아볼 만하지 않은가?

6월 29일

6월 29일은 친구의 기일이다. 그는 환갑을 못 채우고 세상을 떠났다.

4년 전 6월, 새벽부터 장맛비가 억수같이 쏟아지던 날이었다. 상근고문으로 재직하던 회사에 평소보다 일찍 출근했다. 아침밥을 먹지 않고 나왔기에 식당에 들러서 간단히 김밥 한 줄을 먹고 사무실로 돌아가던 길이었다. 비바람이 전방위로 불어제쳐서 우산은 무용지물이었다. 사무실에 거의 다다랐을 때 옆구리에 찬 휴대폰이 진동했다. 뒤집히려는 우산을 가까스로 지탱하면서 휴대폰을 꺼냈다. 사무실로 들어가서 받아도 될 것을 왜 그러한 상황에서 굳이 받으려 했는지 모르겠다.

"여기 캐나다에요."

친구 수형이 처인 연정 엄마의 착 가라앉은 목소리였다.

"아! 연정이 엄마, 수형인 좀 어때요?"

"곧……."

연정이 엄마는 말을 잇지 못하고 울먹였다.

"곧이라니……."

"삼진 씨에겐 전화를 드려야 할 것 같아서……. 바꿔 드릴게요."

잠시 후 수화기에선 쌔액 쌔액 가래 끓는 소리가 났다. 나는 우산을
바닥에 던져버리고 안경을 벗어 주머니에 쑤셔 넣었다. 그리고 그 손으
로 눈두덩을 꾹 누른 채 소리쳤다.

"수형아, 나야 삼진이. 수형아."

행인 하나가 몸을 돌려 내 쪽을 보았다.

"쌔액, 쌔액, 쌔액."

수화기 너머에선 그저 가래 끓는 소리만 들려왔다. 나는 뭔가 말을 하
려 했지만 목이 메어 입을 열 수가 없었다.

"수형아, 수형아, 나야 삼진이."

무슨 말을 해야 할 것 같은데, 무슨 말이라도 해야 할 텐데……. '빨리
나아, 훌훌 털고 일어나라구'란 말이 떠올랐지만 그 말이 지금 그에게
무슨 힘이 된단 말인가.

나는 그만 울음을 터뜨리고 말았다.

우산은 바람에 밀려 골목 가운데에서 뒹굴고 있었다. 눈물과 빗물이

섞여 뺨 위로 흘렀다. 휴대폰은 접착제라도 바른 듯 귀에 꼭 붙어 있었지만 더 이상 쌔액, 쌔액 소리는 들리지 않았다.

다시 연정이 엄마의 목소리가 들렸다.

"어머, 삼진 씨 목소리를 알아들었나 봐요. 눈물이 막 흘러요. 어쩜, 어쩜."

연정이 엄마는 오열하고 있었다. 그것이 내게는 그의 임종이었던 셈이다. 8시 10분이었다. 나는 비바람에 온 몸을 맡긴 채 한참 주위를 서성였다. 친구는 그렇게라도 작별인사를 하고 싶었던 것일까?

"잘 가 수형아, 잘 가."

그날 오후 1시가 넘어서 운명했다는 소식을 받았다.

동창회 때마다 만나는 장소였던 Y동 덕화장에 방 하나를 빌렸다. 주인은 사정 이야기를 듣고 쾌히 큰 방을 내주었다. 친구들이 하나둘 모여 들었다. 총무 H가 내게 조사弔辭를 준비하라고 했으므로 나는 그것을 쓰면서 또 한 번 울어야 했다. 이십 명이 넘는 친구들이 모였다. 약식으로 제사상을 차리고 급히 준비한 영정을 놓았다. 나는 안주머니에서 조사를 꺼내들고 한없이 착한 표정으로 웃고 있는 수형이를 바라보며 첫 문장을 읽었다.

"수형아."

그러나 차마 뒤를 이을 수가 없었다. 바위덩어리 같은 것이 내 목을 누르고 있었다. 3분? 아니 5분을 그렇게 있었나 보다. 어쩌면 수형이가 조사 낭독을 막고 있는지도 모른다는 생각이 들었다. 영결永訣은 그렇게 지체되고 있었지만 어느 친구도 재촉하지 않았다.

영결을 마치고 우리는 상에 둘러앉았다. 우린 그날 억수로 취했다. 울어가며 웃어가며 소주에, 빼갈에, 맥주에 닥치는 대로 마셔댔다. 그 바람에 후일담이 많았다. Y는 깨어보니 아파트 엘리베이터 안이었다 하는가 하면, 운전을 대신해줄 부인과 함께 온 K는 다음날 차 안의 토사물을 닦느라 고생했다고 했다. 출가하여 불문에 든 친구는 독경讀經을 하고 나서는 승속僧俗을 구별하지 못할 정도로 대취했다. 나는 안경을 새로 맞춰야 했다.

노모를 홀로 두고 떠난 이민. 그것 때문에 친구는 늘 괴로워했고 그래서 매년 두 어 번씩 한국에 나왔다. 사람들은 노모에 대한 죄책감으로 암에 걸렸을 것이라고들 했다. 수형이는 이민을 가서는 안 되었던 것이다. 그래서 우리들이 더 안타까웠는지 모른다.

가까웠던 몇몇 친구는 해마다 6월 29일에 수형이가 자주 다녔던 단골 술집을 찾는다. 그 집에 가면 모 방송국에서 맛집 취재차 나왔다가 촬영된 그 친구의 웃는 얼굴을 볼 수 있기 때문이다. 우리는 술을 마시기 전에 그 친구 사진 앞에 찰랑찰랑 채운 막걸리 잔을 먼저 올린다.

"어이 수형이, 막걸리 한 잔 해."

우리는 취하도록 마셨고, 돌아오는 발걸음은 그날처럼 무거웠다.

구구탄鳩鳩歎

구구의 생각

　　　　　　　　　　　며칠 전엔 참으로 황당한 일을
당했다. 분명 먹으라고 내어 놓은 깨였을 텐데 그걸 쪼아 먹다가 상스
러운 욕설과 함께 집어 던진 페트병에 내 연약한 다리를 다쳤다. 운이
나쁘려니까 얼마 전에 부러진 다리를 또 다친 것이다. 나는 얼른 다친
다리를 질질 끌며 골목 안으로 피했다. 아, 그곳으로 가니 전에 다쳤을
때 먹을 것을 주던 아저씨가 있었다.

　"어? 얘가 걔 아냐? 우리가 쌀 주던 아이. 저기 보름 전쯤에 화단에 다
리가 다쳐서 숨어 있던 놈."

　"맞아요, 기름집 박가가 좀 전에 소리소리 지르며 페트병을 던지고 다

33

니더니 또 맞았나 봐요. 다 나아가더니. 쯧쯧."

사람들은 참 변덕스럽다. 첫눈에 반해서 검은 머리가 파뿌리 되도록 살자던 남녀가 대단치 않은 일로 갈라서는 일이 다반사요, 충성을 다짐하며 죽을 때까지 함께 할 것 같던 정치인들은 조금만 이해가 어긋나도 등을 돌리는 일이 여반장이다. 잘난 척하던 학자들은 이념이니 이즘을 만들어 패거리를 짓고, 자비니 용서니, 사랑을 외치는 종교인들은 밥그릇 하나에 목숨을 건다.

인간들의 변덕에 표도 나지 않는 희생양이 우리다. 그 변덕 때문에 억울한 일을 당한 것이 어디 우리뿐이겠냐마는 요즘 같아서는 살맛이 안 난다. 한때 그들은 우리를 '평화의 상징'이라고 불렀었다. 그렇게 불러 달라고 부탁한 적도 없는데. 그러더니 이제는 우리를 죽이지 못해 안달이다. 우리에게 모이를 주는 착한 사람에겐 이적행위를 했다며 벌금을 물리기도 하고, 하늘이 내린 음식에 '불임약'을 섞는 못된 짓을 자행하기도 한다. 다 같은 조물주의 손에서 났건만 왜 저들만 살자고 저러는지 모르겠다. 참으로 이기적인 것들이다. 한때 인간들의 잔치에 불려가 커다란 종이 공에 갇힌 적이 있다. 그러더니 갑자기 그것을 터뜨려놓고는 혼비백산, 하늘로 도망가는 우리들을 보며 환호작약하던 인간들. 어떻게 보면 그들에게서 정신박약 증후가 보이기도 한다. 그들은 우리 배설물을 가지고 산성이 강해 해롭다느니 어쩌느니 하면서 생트집을 잡아 번식을 감소시키겠다고 난리다.

착잡한 표정으로 나를 들여다보고 있는 이 아저씨, 하하 웃겨, 그러고 보니 이 아저씨는 오래 전에 우리 조상을 삶아 먹었던 그 아저씨일세. 세월은 못 속이네. 많이 늙었구먼.

아저씨의 생각

너희들은 어쩌다가 이리 되었니. 옛날엔 너희를 두고 평화의 상징이라 했지. 정치하는 사람들도 온건파들은 너희들의 이름을 따 비둘기파라 하고 강경파들은 매파라고 했지.

1970년에 나는 강원도 모 군단의 통신참모 당번병이었지. 모시던 참모가 골프를 치러 가서 모처럼만에 자유로운 시간이었어. 작전참모 당번병인 차 상병이 놀러왔지.

"김 상병님, 우리 비둘기 한 마리 삶아 먹읍시다."

계급이 같은 상병이라도 내가 6개월 빨랐으므로 차 상병은 깍듯이 존대를 했어.

"비둘기? 비둘기를 어떻게 먹냐?"

"맛있어요. 닭고기하고 똑같아요."

닭고기와 맛이 비슷하다는 말에 솔깃했지만 그래도 그렇지 '평화의 상징'이라는 너희를 어떻게 잡아먹는단 말인가.

"에이 난 생각 없어. 먹어본 적도 없고. 그나저나 날아다니는 그걸 어떻게 잡는다고."

"잡는 건 걱정하지 마세요. 제가 한두 번 잡아본 게 아니니까. 구경만

하시면 돼요. 모처럼 맞는 휴일을 어떻게 그냥 보낸단 말이우. 김 상병님은 피엑스에 가서 막걸리나 한 되 받아와요."

나는 막걸리 소리에 귀가 번쩍 트여 밑져야 본전이라는 생각에 차 상병의 사냥솜씨를 구경하기로 했어. 그는 조그만 나무 판자조각 하나를 들고 BOQ독신장교 숙소 추녀 밑에 있는 너희 조상네 집 밑으로 갔지. 사다리를 놓고 살금살금 기어올라 집의 동그란 출입구에 끈을 맨 판자조각을 안쪽으로 고정을 시키는 것 같더군. 차 상병은 아래로 내려와 판자조각과 연결된 끈을 쥐고 집만 노려보고 있었어. 갑자기 차 상병이 내게 조용히 하라는 듯 입에 손가락을 갖다대며 눈짓으로 저쪽 하늘을 가리켰어. 너희네 조상 두어 마리가 날아오고 있었고 그 중 한 마리가 판자조각을 장치해 놓은 집으로 쏙 들어가는 순간 차 상병은 때를 놓치지 않고 끈을 슬쩍 당겼지. 장치가 제대로 작동을 했는지 '착' 소리를 내며 입구가 닫혔고 나는 나도 모르게 브라보를 외쳤어. 내게 손가락으로 V자를 그려 보인 차 상병이 회심의 미소를 지으며 사다리를 타고 올라가 집에 손을 넣어 푸드득거리는 녀석을 끄집어냈지.

"자, 저는 이제부터 이놈으로 안주를 만들 테니 김 상병님은 막걸리나 받아 오십시오."

피엑스에 다녀 와보니 이미 '평화'는 털이 뽑히고 토막이 난 채 반합에 담겨져 있었고 차 상병은 불을 지피고 있었어.

우리는 얼마 후 삶은 고기를 안주삼아 막걸리를 주거니 받거니 하며 마셨지. 차 상병의 말대로 맛은 닭고기와 비슷했어. 모처럼 별식을 한 우리는 노란 기름이 둥둥 뜬 국물을 나눠 마셨지. 내가 트림을 하면서 그랬던가?

"한 마리 더 잡을 걸 그랬나 보다. 한 앞에 한 마리씩은 먹어야겠네."

이거 봐, 어차피 세상은 강자의 논리가 지배하게 되어 있어. 너희들이 그렇게 떼거지로 늘어나서 환경공해까지 야기할 줄 알았냐고. 내가 네게 쌀과 물을 준 건 작은 센티멘털리즘에 불과해. 내가 얼마나 다정다감한 사람인가를 보여주기 위한 거지. 그리고 기름집 박가가 너무 싫어. 적의 적은 우리 편인 거 알아? 그것도 어떻게 변할 줄은 모르지만. 우린 가끔 그런 변덕을 부리는 게 즐거워.

에필로그
"아이고, 이놈 여기서 내쫓아요. 여기, 똥 싸놓은 것 좀 봐"

아주머니가 빗자루로 나를 툭툭 밀며 쫓아냈다. 아저씨는 짐짓 못 본 척 어디론가 사라져 버렸다. 나는 뒤뚱거리며 그곳을 빠져 나왔다.

'그러니까 우리더러 새대가리라는 거야.'

오기

1

      "이 새끼가? 서울이 다 네 집이
야?"

한 상사는 냅다 내 정강이를 걷어찼다. 불시에 기습을 받은 나는 어
쿠, 하며 무릎을 싸안았다. 얼싸 안으며 보니 옆에 부동자세로 서 있는
놈의 다리가 후들거리고 있었다. 나는 다시 자세를 바로 하고 소릴 질
렀다.

"이병 김삼진, 서울특별시 동대문구 신설동 ○○○의 ○○번지입니
다."

먼저 신고한 전입병들이 '홍성입니다', '무안입니다'라고 대답을 하기

에 나도 '서울입니다'라고 답했을 뿐인데 왜 나만 맞아야 한단 말인가. 내가 타깃인가? 신고도 나를 찍어서 시키고, 내게는 질문도 많이 하면서 사사건건 트집을 잡는다. 뭔가 이상하다. 내가 처음부터 찍힌 이유가 뭘까? 다음의 한 상사의 일갈에서 내가 타깃이 된 이유를 알게 되었다.

"포대장님한테 신고할 때 그 따위로 대답하면 느넨 죽어. 알았어? 수돗물 빨고 대학 다니다 온 새끼들 말야. 하나같이 똑같애. 요리조리 빽을 써서 빠지려다 빽줄이 달려서 온 거지? 그렇지? 김삼진."

"아닙니다! 이병 김삼진, 자원입대했습니다."

나는 너무 너무 억울해서 소리를 지르고 말았다.

"이 새끼가 어디서 말대답이야?"

나는 또 한 차례 정강이를 걷어차이고서야 입을 다물었다.

두어 달이 지나서야 나는 몇 안 되는 대졸 출신 중에 하나인 인사과 김 상병을 통해 그가 한자를 읽을 수가 없다는 사실을 알게 되었다. 그래서 내 신상기록카드 주소란에 기록한 '신설동新設洞'을 읽을 수 없던 것이다. 그것을 굳이 한자로 쓴 것이 그의 심기를 불편하게 한 것이다. 괜한 시비꺼리만 제공한 셈이다. 그의 매도처럼 수돗물을 빨고, 대학을 다니다 왔다는 것만으로 한 상사의 블랙리스트에 오른 것이다. 한 상사와의 악연은 그렇게 시작되었고 그것은 제대 말년까지 이어졌다.

2

자대배치 첫날 신고 때부터 미운털이 박혀버린 나는 사사건건 한 상사로부터 체벌을 당했다. 다른 아이들이 했으면 묵과하는 실수라도 내가 하면 그냥 지나가지 않았다. 자대배치 초기에 나는 아주 확실하게 그에게 찍히는 계기를 만들어주고 말았다. 배치된 지 한 달도 안 된 신병으로서는 감히 엄두도 내지 못할 휴가를 가게 되었기 때문이다. 부대 대항 스케이트 선수로 차출된 것이다.

휴가 신고를 할 때부터 한 상사는 자기는 입대 후 일 년이 넘도록 휴가 아니라 외출도 못 나가봤다며 빈정거렸다. 께름칙한 신고를 마치고 나오자 같은 과 고참 이 병장이 나를 따로 불러 귀띔을 해주었다.

"귀대할 때 선임하사님께 신경 좀 써봐. 군대는 다 요령이야, 담배 한 보루, 술 한 병이면 돼. 그거보다 더 할 것도 없어. 알았지? 기왕이면 맞지 않고 편하게 지내야지."

한 상사에게 늘 얻어터지는 나를 안쓰럽게 생각해준 이 병장의 충고였다. 젠장, 스케이트 선수로 차출된 것이 어디 내 의지냐 말이다.

귀대하는 날 어머니는 높은 사람에게 담배라도 한 보루 사다주라고 하시면서 용돈을 주셨다. 이 병장이 이야기 한 '술 한 병'이라는 것은 구멍가게에서도 막 파는 소주를 말하는 것이 아닐 것이다. 어차피 비싼 술을 사지 못할 그 용돈으로 나는 빵과 소주 몇 병을 사들고 들어왔다. 통신과는 그것으로 과 회식을 했다. 이렇게 하여 나는 포대의 불문율을 깨고 한 상사에게 도전장을 내민 꼴이 되고 말았다.

"김삼진! 너는 내가 전역할 때까지 내 밥이야."

한 상사는 공공연히 떠들면서 집중적으로 나를 못살게 굴었다. 누구도 나를 도울 수가 없었다. 나를 동정하기보단 오히려 그의 비위를 맞추는 쪽이었으므로 나는 동네북이었다. 하루라도 맞지 않은 날은 잠이 들 때까지 불안했다. 나는 오기가 생겼다. 상명하복의 군대조직에서 내가 대응할 수 있는 방법은 없다. 하나 있다면 때린 놈이 재미나 보람을 느끼지 못하도록 하면 되는 것이라고 생각했다. 즉 맞아도 아픈 척을 하지 않으면 되는 것이다. 오기에서 비롯된 그 발상으로 나의 맷집은 나날이 늘어갔다. 나는 '김삼진 앞으로!' 하면 '네엣, 상병 김삼진!' 하며 총알처럼 튀어나가 패기 있게 엎드려 엉덩이를 대주었다. 물에 적신 5파운드 곡괭이자루가 바람 가르는 소리를 내며 둔부에 떨어질 땐 절도 있게 수를 세어주었다. 왜 아프지 않았겠는가마는 내겐 '오기'라는 진통제가 있었다. 나의 이러한 미련스러운 대응은 한 상사의 미움만 증폭시킬 뿐이었다. 병장으로 진급하면서 고참 반열에 올랐지만 한 상사의 미움은 줄어들지 않았다.

3

또 다시 내 차례가 되었다. 이번 빳다가 제대를 두 달 앞둔 내 군대 생활에서 마지막이길 바라며 호흡을 가다듬었다.

나는 안정적인 자세로 침상모서리를 잡았다. 아주 보기 좋은 자세, 아무리 큰 빳다로, 세게 내리쳐도 끄떡없을 그런 든든한 자세로 엎드렸다. '튀' 하고 침 뱉는 소리가 났다. 녀석이 빳다에 침을 뱉어 비비고 있는 모양이다. 마치 망나니가 사형수를 앞에 꿇려놓고 칼에 물을 뿜듯이……. 드디어 퍽 하는 소리와 함께 엉덩이에 충격이 가해졌다.

"으나앗!"

나는 힘차게 소리 질렀다. 나는 맞는다고 생각하지 않는다. 이건 대결이야. 이게 대결이라면 아프게 보이면 지는 것이다. 지는 건 싫다. 이겨야 한다.

"두울!"

"세엣!"

"열 하나앗!"

"열 두울!"

빳다 소리는 경쾌했고 그때마다 내 엉덩이는 리드미컬하게 들썩였다. 열셋을 복창하는 순간 경쾌한 소리대신 투욱, 하고 둔탁한 소리가 났다. 온 몸에 힘이 쑤욱 빠졌다. 침상에 정렬한 졸병들 사이에서 놀라움 섞인 탄식들이 터져 나왔다. 한 상사가 겨냥을 잘못했는지 꼬리뼈를 때린 것이다. 참을 수 없는 통증이 온 몸으로 퍼져가며 눈앞이 하얘졌다. 그대로 바닥에 주저앉고 싶었다. 이를 악물었다. 오기가 '버텨!'라고 명령했다. 나는 일어나지도, 바닥으로 쓰러지지도 않고 침상모서리를 잡고 버티었다. 팔이 후들거렸다. 더 이상 빳다는 떨어지지 않았다. 증오의 눈길로 뒤를 돌아봤다. 눈은 '마저 때려, 이 새끼야'라고 말하고 있었다.

침상이 웅성거리는 듯했다. 박수소리가 두엇 들리는 듯도 했다. 내 눈과 한 상사의 눈이 부딪쳤다.

"이 새끼가 어디서. 일어나 이 개새끼야!"

꼬리뼈를 때린 게 미안해서 기합을 중단하려는 줄 알고 벌떡 일어나 차려 자세를 취했다.

그는 곡괭이자루를 바닥에 패대기를 쳤다.

"이 새꺄! 너 같은 놈이 대한민국의 병장이야? 보초 임무를 어떻게 알고⋯⋯."

난 무심한 눈으로, 눈에 힘을 주지 않고 가능하면 아주 순한 눈빛으로 보이도록 애쓰며 한 상사를 바라봤다. 철썩. 눈에서 불이 나며 고개가 획 돌아갔다. 두어 걸음이 뒤로 밀렸다.

"바로 서!"

다시 한 상사를 향해 바로 섰다. 이번엔 주먹이 날아왔다. 턱으로 그의 주먹을 받았지만 당해내지 못하고 비틀거리다가 쓰러졌다. 다시 일어났다.

"일어서! 자세 바로!"

입술이 터져 찝찔했다. 혀로 그걸 핥아내며 한 상사를 바라봤다. 비웃음을 띠고 바라봤다. 그는 이성을 잃었다. 쓰러지면 또 일어나 마주 섰다. 내 눈에도 핏발이 섰다. '이 짜식아, 좀 힘껏 쳐, 그것두 주먹이냐?' 내 눈은 그렇게 말했을 것이다. 그러자 이번엔 제법 힘껏 펀치가 날아들었다. 내무반 배수로 쪽으로 처박혔다. 다시 일어나려는데 발길질이 들어왔다. '허어, 이젠 손발을 다 쓰시는군.' 다시 일어나서 마주섰다. 혈투였다. 이성을 잃은 그의 주먹을 비웃음으로 받았다. 내무반 한가운

43

데서 시작된 혈투는 입구 쪽까지 옮겨갔다. 눈에서 눈물이, 코에선 콧물이, 그리고 입에선 핏물이 흘렀다. 두 주먹에 힘이 꾸욱 주어졌다. '사고를 쳐? 말어?' 나는 내게 물었다 '참아, 곧 끝나. 다 이긴 게임이야.' 내가 대답했다. 마음이 편해졌다.

자세를 바로하고 무심한 표정으로 한 상사를 마주 봤다. 그때 그의 당혹함을 눈치챘다. 패도 패도 오뚝이처럼 벌떡벌떡 일어나는 이 괴물을 그는 어쩔 수가 없었으리라. 아파서 그만 때려달라고 빌어야 하는데, 그래야만 그런 상황을 즐기고 비웃음을 띄우며 승자의 아량을 베풀어야만 스트레스가 풀릴 텐데 이 괴물은 그것을 거부하고 있는 것이다. 이 상황을 어떻게 마무리를 해야 할지 판단이 서지 않는 그런 표정이었다. 여유가 생기자 꽉 쥔 주먹을 풀며 한 상사를 향해 미소 지었다.

한 상사는 내무반을 도망치듯 나갔다. 그게 44년 전의 일이다. 내가 그를 이렇게 기억하고 있듯이 그도 나를 기억하고 있을까? 기억하고 있다면 어떤 사람으로 기억할까? 나는 대결이라고 생각했지만 그는 얄미운 쫄병놈 한 번 혼내줬다고 생각하지 않았을까? 나는 내가 이겼다고 생각했지만 그는 맷집 좋은 놈을 초죽음이 되도록 패줬다고 생각하지 않을까? 그렇게 오기를 부린 것이 잘한 일인지, 잘못한 일인지 아직도 나는 모르겠다.

무게 잡기

친구가 무게를 잡으라고 한다. 한
두 번도 아니고 몇 번씩이나 듣는 이야기여서 내가 그렇게도 무게가 없
어 보이는가 하고 고민했다. 무게? 무게란 물건의 무거운 정도를 이르는
말인데 무게를 잡으라고 함은 바꿔 말하면 내가 왜소하다는 것일 게다.
키가 작은데다가 체중까지 덜 나가니 빈약해 보여서 그렇겠지. 그래서
나는 사무실에 처박혀 책만 보고 인터넷만 했다. 꼬박꼬박 세 끼를 먹는
것 외에 간식도 하고 자기 전에 라면도 먹었다. 얼마 후 체중을 재보니
3킬로나 늘었다. 그런데 거울에 우스운 꼴이 비쳐졌다. 체중이 골고루
분포되지 않고 배로만 몰렸는지 배만 볼록 튀어 나왔던 것이다. 모임이
있어서 삼겹살에 소주를 마시고 2차로 맥주를 마시러 갔다. 배가 불러

서 심히 불편하여 몸을 뒤로 젖히고 숨을 몰아쉬고 있었다. 회원들이 출산 예정일이 언제냐고 놀렸다. 어떤 친구는 '재미있으라고 그러는지 모르지만 실망스럽다'고 했다. 무게를 잡다가 더 우스워진 것이다.

친구가 무게를 잡으라고 한 것은 그런 무게가 아닐 것이다. 맞아, 말을 많이 하지 말아야 해. 가급적 포커페이스를 유지하고, 쓸데없는 말을 많이 하지 않으며 말을 해야 할 때는 중저음으로 논리정연하면서도 짧고, 점잖게 하면 이미지 개선에 많은 도움이 될 거야라고 생각했다. 좋은 일은 바로 실천에 옮겨야 하는 법. 마침 그 친구가 전화를 했다. 나의 변화된 모습을 보여줄 좋은 기회였다. 반가움을 누르고 무게를 잡으며 점잖게 인사를 건넸다. 나지막하고 점잖은 톤으로 이야기를 나누었다. 그런데 대화를 그칠 무렵 친구가 의아하다는 듯 물었다.

"자네 오늘 기분이 안 좋아 보이는구먼. 무슨 일이 있는가?"

"어? 아무 일도 없는데? 왜?"

"아니면 됐고. 아니 평소 같지 않아서 하는 말일세."

나는 자네가 무게를 잡으라고 해서 그런 건데? 라고 차마 말하지 못하였다. 이 사람아 그런다고 무게가 잡혀 보이나? 라고 할까 봐서였다.

지나간 일들을 생각해 보았다. 사원으로 시작해서 계장, 과장, 부장, 이사 과정을 거쳐 전무에, 사장까지 했다. 자리가 높아질수록 무게가 있어 보였을 것이다. 안광이 형형하고 걸음걸이도 권위 있어 보였을 것이다. 사람들은 차를 타고 내릴 땐 내가 문을 열 틈을 주지 않았고 회전식 문을 들어설 땐 거수경례를 붙였다. 대단한 이야기도 아닌데 진지한 표정으로 고개를 끄덕이는가 하면 썰렁한 농담임에도 배를 잡고 웃었다. 아! 그렇다면 '자리'가 '무게'를 만드는가? 그들은 '김삼진'에게서가 아니라 당시 내 자리에 무게를 느낀 것일 게다.

그러니까 지금은 백수라서 무게를 잡아도 통하지 않는 것이다. 그러나 어떤 이들은 은퇴한 지 십 년이 넘었음에도 현직시절의 말투와 포스를 유지하고 있다. 저래야 하는데 난 왜 안 된다는 말인가. 사전에서 '무게'를 찾아보았다. 여러 가지의 정의 중에 눈에 뜨이는 것이 있었다.

'사람 됨됨이의 침착하고 의젓한 정도.' 바로 이거야. 난 여태 '사람됨됨이'는 빼고 생각했었던 거야. 나는 고개를 끄덕였다.

최근 문우들과 드라이브를 했다. 골방에만 있는 게 안쓰러웠던지 차를 갖고 나를 데리러 온 것이다. 나는 오래간 만에 차 안에서 문우들과 이야기를 나누었다.

"저도 이제는 의젓해지렵니다. 말도 많이 하지 않을 거구요."

말이 떨어지기가 무섭게 한 여성 문우가 차창에서 눈도 떼지 않은 채 그랬다.

"김샘의 존재가치는요, 웃기는 데 있어요. 그런 말씀 마세요. 우린 무슨 재미로 살라고."

무게는 아무에게나 잡히는 게 아닌가 보다.

글씨와 글

'쓰다'라는 단어에는 여러 가지 뜻이 있다. 물건이나 돈을 사용한다는 뜻의 쓰다가 있는가 하면 우산이나 모자처럼 위에 얹거나 덮는다는 뜻의 쓰다가 있고 묘를 쓰다처럼 묏자리를 잡아서 시체를 묻는다는 뜻의 쓰다가 있다. 맛이 '소태처럼 쓰다', '입맛이 쓰다'라는 고^苦의 뜻도 있다. 한 가지 단어가 동사나 형용사로서 이처럼 여러 가지로 쓰이기도 드물다. 정작 이야기하고자 하는 것은 빼놓았으니 그것은 글이나 글씨를 쓸 때의 '쓰다'이다. 앞에 것들은 이 이야기를 끌어내기 위해 들러리로 세운 것뿐이다.

'글을 쓰다'는 두 가지로 해석을 할 수가 있는데, 그 하나는 글을 '짓는 것'이고 또 하나는 붓이나 펜 따위로 획을 그어 글자를 '쓰는 것'이다. 우리는 글을 짓는 사람을 '작가'라고 부르고, 글씨를 쓰는 사람을 '서예가'라고 부른다. 잘 지은 글은 '명문'이라 하고 잘 쓴 글씨는 '명필'이라고 한다. 둘 다 잘하면 얼마나 좋겠는가마는 보통사람은 그 한 가지도 잘하기 어렵다.

감히 글을 쓰겠다는 생각을 해본 적이 없던 내가 '등단'이라는 것을 했다. 등단을 했다고 해서 '작가'라는 생각은 해보지 못했다. 앞으로도 그럴 것이다. 내가 내 역량을 알기 때문이다. '소 뒷걸음질 치다 개구리 잡는다'는 식으로 어쩌다가 등단을 하게 되었지만 아직도 내 작품을 자랑스레 내밀 자신이 없다. 딴에는 퇴고에 퇴고를 거듭한 작품이 실린 책이 배달되면 바짝 긴장한다. '이번만큼은 제발'하면서 내 작품을 찾아 읽어보면 혹시가 역시라, 부끄러워서 얼굴이 화끈거린다. '더 다듬어 볼 것을……', '이 표현 말고 더 좋은 게 있는데…….'

이런 문장이나 어휘들을 몇 개씩이나 발견하고는 종국에는 역부족을 절감하는 것이다. 작가는 아무에게나 붙여주는 호칭이 아닌 것이다.

얼마 전부터 글씨를 쓰고 있다. 뒤늦게 서예를 시작한 것이다. 서예를 시작하게 된 동기가 재미있다면 재미있다. 직접적인 동기는 가까이 사는 손위동서가 삼 년 전부터 지역의 문화센터에서 서예를 배우고 있는데 수강자 수가 자꾸 줄어들어 폐강의 위기에 봉착했다는 것이다. 그러니 '자네라도 와서 머릿수를 채워 달라'고 해서 등록을 하게 된 것이다.

그러나 사실은 서예에 대한 막연한 욕구가 있기는 있었다. 금년에 미수米壽인 어머니께선 서예가이시다. 연로해지시더니 자식 중에서 누군가는 대를 물려받았으면 하고 바라셨다. 어머니의 그 기대는 특히 내게 집중되어 있는 것 같았다. 내가 중국문학을 전공한데다 실제로 글씨에 관심이 있는 것을 아시기 때문이다. 글을 짓는 것을 뒤늦게 시작했듯이 서예도 마찬가지다. 두 가지 모두 배우기가 쉽지 않다. 그러나 그 일은 여건이 맞지 않아 길 영永자를 제대로 써볼 만하다 싶을 때 포기해야만 했다.

같은 '글'자가 들어가면서도 글과 글씨는 본질적으로 다르다. 글씨가 글의 외형이라면 글은 내면이다. '—씨'가 일부 명사 뒤에 붙어서 태도, 모양을 나타내는 것으로 말씨, 마음씨가 있다. 글씨도 마찬가지다. 사전에는 '글씨'를 '써놓은 글자의 모양'이라고 했다. 글이 마음이면 글씨는 얼굴이다. 사람도 먼저 보이는 외모를 중시하듯 잘 쓴 글씨를 보면 사람이 달라 보인다.

글씨를 잘 쓰면 얼마나 좋겠는가마는 글씨를 쓸 기회가 줄어들어서인지 종전만 못하다. 신세대일수록 더욱 그러할 것이다. 예전 우리 세대가 초등학교 다닐 때는 습자習字시간이 있어서 펜글씨를 쓰기도 했고 붓글씨를 배우기도 했었다. 글씨를 쓰는 것에 길 도道자를 붙여 서도書道라 함은 글씨를 쓰는 것이 마음의 자세를 바로잡는 일이기 때문이다. 지금 시대에 인격함양 운운해가며 서도를 부활하자는 운동을 벌이면 시대에 역행한다는 비웃음이나 들을지 모른다. 더구나 요즘은 글씨를 잘 쓰지 못해도 큰 흠이 되지 않는다. 컴퓨터가 널리 보급되면서 생긴 현상이다. 이제는 친필로 쓴 편지를 받기가 힘들어졌다. 공적인 문서는 물론이요 사적인 편지도 전자우편으로 대체가 되었고 명절 때의 인사도 핸드폰의 문자서비스를 이용하는 시대가 되었으니 격세지감을 느낀다. 엄지로 스마트폰을 꾹꾹 눌러 보내버리면 수 초안에 상대방에게 전달이 되는 세상에 살고 있으니 편지지도 필요 없고 펜도 필요 없어 진 것이다.

글씨를 쓰는 것은 글을 짓는 것보다 '쉽다'고 생각할지도 모르겠다. 선생님이 체본으로 써준 글씨를 그대로 흉내내가며 계속 연습하다 보면 스승의 글씨처럼 언젠가는 쓸 수 있게 되기 때문이다. 스승의 글씨가 자기의 것이 될 정도로 각고의 노력을 하다 보면 자기만의 서체書體도 생기리라.

하지만 내면內面에 비유한 글은 다르다. 스승이 글씨의 체본을 주는 게 아니라 일단 스스로가 습작을 써내야 지도가 시작되는 것이다. 글씨에 비해 당초부터 창의력이 요구되는 일이다. 지어온 글을 낭독하면 스승이 구성이나 문장에 대해 지도를 해준다. 그것을 다시 정리하여 재검토에 들어가면 또 다른 수정거리가 나오고 그 과정을 두 번이고 세 번이고 반복하다 보면 나중엔 이게 자기가 쓴 것인지 남이 써준 것인지 분간이 모호해질 때가 있지만 그러는 사이에 내공이 쌓여서 자신도 모르게 성장해 가는 것이다. 그러니 이런 도움 없이 글을 쓰는 사람의 어려움은 오죽할까.

육십이 넘어서 글을 짓고, 글씨를 쓰기로 한 데에는 내 나름의 뜻이 있다. 아직도 쉽게 팔랑이는 마음을 가라앉히기 위해서다. 짓거나 쓰기 모두에 공통점이 있으니, 잡념이 일거나 누군가와 다툰 후에는 하기가 어렵다는 것이다. 먹을 갈아놓고 먹물을 말려 버린 일이 한두 번인가. 모니터에 제목만 쳐놓고 서너 시간을 그냥 지나친 일은 또 얼마인지. 마음이 맑고 머릿속에 문리文理가 잡히기 전에는 제대로 된 글씨가 써지지 않고 반듯한 한 줄의 문장도 지어지지 않는다. 1.5평의 비좁은 사무실에서 글짓기와 글씨 쓰기를 파적거리로 삼은 것은 겉멋이 들어서가 아니다. 언감생심 명문장가나 명필이 될 생각이겠는가. 다만 신년이나 뜻 깊은 날에 친구나 가까운 지인에게 제대로 된 문장을 내 손으로 써서 보내주고 싶어서이다. 기왕이면 글씨가 단정했으면 좋겠고 내용이 그 친구 마음 한 구석에라도 남는다면 그것으로 족하리라.

부끄러움의 정체

그곳에 뽀루지가 난 것을 발견한 것은 샤워를 하고나서 타월로 닦을 때였다. 꼭 큰 여드름만 했다. 사춘기 때도 그 흔해 빠진 여드름 한 번 나지 않았는데 예순이 넘어서 얼굴도 아닌 그 음습한 곳에 독버섯처럼 날 게 뭐란 말인가? 아프지 않으니 대수롭지 않게 생각하고 그냥 두었다. 며칠 후에 보니 끝이 노랗게 곪아 있었다. 바늘을 라이터불로 소독을 한 후 살짝 찔러서 짜냈다. 그러나 그것은 그때뿐, 짜내어도 다음에 보면 또 곪아 있었다. 약국에 갈 생각을 하지 않았던 것은 아니지만 약사가 보자고 할까봐 망설이다가 못 갔다.

그 즈음 나는 다른 수술 일정이 잡혀 있었다. 옆구리에 생긴 지방을 제거하는 수술이었다. 옆구리에 생긴 지방은 꽤 오래 전부터 자라온 것이었다. 아마 20년도 더 전이었을 것이다. 샤워 후에 옆구리 뒤쪽에서 우연히 발견된 지방덩어리는 아주 작았고 통증이 있는 것이 아니었기 때문에 관심조차 두지 않았었는데 그것이 조금씩 커져왔던가 보다. 아내는 그것이 눈에 보일 때마다 병원에 가서 진찰 받고 수술을 받으라고 노래 부르듯 이야기해 왔다.

할 수 없이 얼마 전엔 조카가 근무하고 있는 종합병원에서 조직검사를 하고 전문의의 진찰도 받았다. 의사는 굳이 제거수술을 하지 않아도 상관이 없다고 했지만 아내는 눈에 띄게 커진 그 지방덩어리를 눈엣가시처럼 미워했다. 회사에 다닐 때에는 회사일로 바쁘다는 핑계가 통했지만 은퇴한 후 백수 주제여서 빠져나갈 명분이 없었으므로 수술을 하기로 한 것이다. 그곳에 난 뾰루지 역시 피부과 질환이므로 수술하러 가는 김에 의사에게 상담을 하면 간단히 처치해줄 것으로 생각했다.

드디어 수술 당일 담당의사를 만나 그 뾰루지 이야기를 했다. 의사는 그 부위를 이리저리 보고는 오늘 지방제거 수술 하는 김에 그것도 째버리자고 속 시원한 결론을 내려주었다.

간호사가 건네준 가운을 갈아입고 수술대에 엎드려 누웠다. 등에 생긴 지방을 먼저 제거할 것이다. 조수로는 젊은 여의사가 따라붙었다. 그녀는 의사의 지시대로 내게 마취주사를 여기저기 놓았다. 어떤 주사는 따끔했고 어떤 주사는 뻐근했다. 부위에 따라 다른 것인가? 아마 스무 대는 족히 놓았던 것 같다. 드디어 의사가 수술 장갑을 끼고 들어왔다. 지방덩어리가 꽤나 컸음인지 수술 도중에도 국소마취를 추가로 몇 번씩 해가며 두 시간이나 지나서야 끝났다. 그는 내게 수고하였다 말하고 수술 장갑을 벗으면서 여의사에게 지시했다.

"돌아누우시게 하고 마취해 놔."

다음 순서인 뽀루지 제거 수술 준비를 해놓으라는 뜻이다. 젊은 여의사에게 내 그곳에 마취주사를 놓게 하려고? 작은 수술이므로 여의사나 간호사는 제외되고 의사 혼자 할 것이라고 내 멋대로 생각했었다. 그런데 마취부터 저 여의사에게 시키다니, 설마. 나는 당황하기 시작했다. 이러면 얘기가 달라지는데……. 그러나 이미 떨어진 명령이다. 여의사와 간호사는 찰카닥찰카닥 금속성 소리를 내며 준비하는 기척이었다. 나는 매우 혼란스러워진 마음으로 엉거주춤 몸을 돌려 천정을 보고 누웠다. 가슴이 쿵덕거리고 있었다. 지금이라도 안 한다고 그럴까? 그러는 사이에 여의사는 앰플에 주사기를 꽂고는 주사액을 뽑고 있었다. 바지는 등 수술 이후에 그대로 두어서 반쯤은 내려와 있는 상태였지만 팬티까지는 내리지 않았었다. 공연히 한쪽 무릎을 끌어서 구부려 세웠다. 여의사는 엉거주춤한 자세의 나를 내려다보며 물었다.

"다리 쭉 펴시고요, 앞엔 어디에요?"

그녀는 의사로부터 다음 수술 이야기까지는 못 들은 게 분명했다. 그렇다면 내가 어디라고 가리키면 주사기를 놓고 '선생님, 마취 준비 다 해놓았어요' 하며 나갈지도 모른다. 그러나 그 기대는 기대에 불과했다. 여의사와 간호사는 도대체 비참한 내 마음을 아는지 모르는지 대답을 기다리고 있었다.

"저어기, 그, 그, 거기가 거긴데요."

나는 팬티 위로 그곳을 가리키며 말했다. 순간적으로 그녀의 표정에 약간의 변화가 일었으나 그건 정말 순간에 불과했다.

"그럼 팬티를 아주 내리셔야겠네요."

그녀는 마치 자동차정비업소 수리공이 보닛 좀 열어 달라는 듯이 말했다. 나는 포기하는 심정이 되어 자식 또래의 두 여인이 보는 가운데 팬티를 내렸다. 가늘게 손이 떨렸다. 안 봐도 그곳은 비참할 정도로 위축되어 있을 것이다. 나의 가장 사적인 영역이 노출되었다는 부끄러움은 수치심으로 발전했지만 불가항력이었다. 안간힘을 다해 품위를 지키려는 나의 본능은 비참하게 뭉개져 버렸다.

"어디에요?"

뾰루지를 차마 직접 찾기가 민망했는지 답답하다는 듯 목소리를 높여 물었다. 할 수 없이 나는 반쯤 몸을 일으켜 내 손으로 남자의 찌그러진 자존심을 들췄다.

"요기요."

여드름 하나 짜는데 의사 하나도 과분하지 여의사에 간호사까지 합세할 모양이었다. 이렇게 인권을 유린해도 되는 거야? 나는 수치심에 몸이 떨릴 지경이었다. 그러거나 말거나 화농 부위를 확인한 여의사는 나에게

"마취주사 놓겠습니다. 좀 아프실 거예요, 민감한 부위가 돼서."

바짝 긴장하고 있는데 날카로운 것이 음낭을 찌르고 들어왔다.

"으악."

나도 모르게 비명이 터져 나왔다. 짓밟힌 자존감이 내는 아주 슬픈 울부짖음이었다.

"자, 또 하나 놓습니다."

"으악~."

그녀는 그 후에도 작은 주사기로 바꿔 음낭 전체를 골고루 찔러댔다. 그녀는 고추와 관련된 안 좋은 추억이 있었음이 분명하다. 치욕은 그것으로 끝이 아니었다.

"저 털 좀 깎겠습니다."

"예."

이미 전의를 상실한 나는 '될 대로 되어라'의 심정이 되어 유순하게 대답했다. 대답을 안 한들 안 깎으랴. 사각사각 가위 소리가 났다. 조금 후, 수술 준비가 다 되었다고 옆방에 가서 보고하는 눈치더니 그제야 의사가 들어왔다. 그는 두 여자의 도움을 받아가며 지극히 짧은 시간에 수술을 마쳤다. 그런 수술은 나라도 하겠다. 나쁜 놈.

하루 같은 두 시간을 보내고 나는 입원실에 누워 있었다. 아내도 다녀가고 입원실은 적막에 쌓였다.

"휴우."

그 수치심은 무엇이었을까? 쓰나미처럼 온 몸을 덮쳤던 그 부끄러움의 정체는 무엇이었던 것일까?

여의사나 간호사의 심리는 어땠을지 곰곰 생각해보았다. 아버지뻘되는 중늙은이의 거시기를 보는 일이 좋았겠는가. 민망한 마음을 의무감과 마인드컨트롤로 극복했을 것이다. 그렇게 생각하니 그 여의사나 간호사가 대견하게 생각되었다.

거울을 보니 편안해 보이는 내 모습이 비쳤다. 앓던 이 같던 뾰루지가 제거되었기 때문만은 아닐 것이다.

제2부
나는
늙지 않는다

고령시대이니만치 더 젊게 살아야 한다. 아직은 체력도 여전하고 생
각도 젊다. 젊게 살기 위해서는 생각을 젊게 가지는 것도 중요하지
만 외모도 단정하고 밝게 꾸며야 할 것이다. 염색을 포기할 나이가
일흔이 될지 여든이 될지 모르겠지만 그때가 되면 나도 순리라고 생
각하고 순순히 받아들이런다. 적어도 지금은 아니다.

시추의 봉변

일요일 오전 아홉 시쯤이었던가.

검은 차 한 대가 다리 위에 멈춰 섰다. 여자 몇이 내리더니 계곡을 바라보며 뭐라 말들을 나누는 모습이 보였다.

일행은 모두 네 명, 40대에서 50대 사이. 남자 하나에 아줌마가 셋. 나는 윗마당에서 그들을 내려다보고 있었다. '젠장 부지런들도 하구만. 고스톱이라도 치러온 모양이지?'

개똥을 집게로 줍고 나서 마당을 쓸었다. 다시금 그들 쪽을 내려다보았다. 차에서 이것저것들을 냇가로 옮기고 있었다. '뭐야, 아침부터 밥먹으러 왔나?' 못마땅한 시선을 던졌지만 한창 더울 때 몰려든 행락객들의 극성이 요즘 날씨와 함께 조금 가라앉았기 때문에 그대로 놔두기로 했다. 2~3분 후 다시 그 쪽을 쳐다봤더니 우리 삼순이가 그 쪽에서 어슬렁거리고 있었다. '저 눔의 시키가? 거지새끼처럼.'

"삼순아! 삼순아! 이리 올라와!"

소릴 질렀지만 삼순이는 들은 척도 않고 그 쪽 사람들에게 아양을 떨고 있었다. 아줌마가 삼순이의 주둥이를 어루만지며 '깍꿍, 깍꿍' 하는 듯했다. 그런가 했는데 칙촉이 녀석이 또 언제 그리 갔는지 그들의 자리 주변을 어슬렁거리고 있었다.

'이 새끼들이 안 되겠네.' 나는 우선 다른 개들이 또 그곳으로 내려갈까 봐 접이식 울타리를 마당 한 구석에 펴놓고 한 놈, 두 놈 잡아 가둔 후 삼순이를 잡으러 냇가로 갔다. 낡아서 축 늘어진 러닝셔츠 차림이 마음에 걸리긴 했다. 그들 일행은 오순도순 밥을 먹고 있었다. 야외취사 금지 조항을 잘 아는 사람들인지 아예 밥과 반찬을 싸왔다. 그들은 다리를 건너 다가오는 나를 흘끗거리며 봤지만 난 개의치 않았다.

"식사들 하시는데 죄송합니다."

난 마치 읍내 정거장에 멈춰서면 척 올라타서 검문을 하던 헌병처럼 그들 가까이 다가가 '잠시 검문이 있겠습니다'라고 말하듯 딱딱한 어조로 말했다. 한 여자가 억지로 미소를 띠고 나를 바라봤다.

"식사 안 하셨으면 같이 하세요."

"아닙니다."

나는 여자의 인사치레를 무시하며 삼순이를 쳐다봤다

"이놈이 식사들 하시는데 여기서 왜 이러구 있어?"

동시에 난 그들이 준 밥을 먹고 있는 그 시추의 목덜미를 잡아채 가슴에 안았다. 녀석이 버둥거렸지만 난 아랑곳하지 않았다.

칙촉이 녀석이 그 사이에 삼순이가 먹다 남긴 밥을 냉큼 먹는 모습이 보였지만 그것까지 통제하기에는 역부족이었다. 일단은 삼순이부터 치워 놓고 볼 일이었다. 나는 다리 위까지 와서야 삼순이를 내려 놨다.

"빨리 올라가! 이런 데서 기웃거리지 마!"

호통을 쳤지만 삼순이는 막무가내였다. 나는 녀석의 엉덩이를 손바닥으로 사정없이 내려쳤다.

"빨리! 빨리 가란 말야!"

난 비록 갈비뼈가 보이는 헐렁한 러닝셔츠를 입고 있기는 하지만 강아지 한 마리조차도 함부로 키우지 않는, 막 되어먹은 집안은 아니라는 것을 그들에게 보여주려는 듯 호되게 야단을 쳤다. 그래도 자꾸 밥그릇 쪽으로 가려는 녀석을 들어 안은 채 집 마당으로 올라 왔다.

"너 같은 놈은 벌을 받아야 해!"

나는 녀석을 이미 다른 시추들을 가두어 놓은 접이식 울타리에 던져 넣었다. 녀석은 낑낑거리며 두리번거렸다. 일단 칙촉이를 제외한 개들을 제압했으니 바쁠 일은 없었으므로 계단에 앉아 느슨해진 대나무갈퀴를 다시 끈으로 조여 매는 일을 하고 있었다. 그때였다. 개들이 짖어대기 시작했다. 뭔가 긴박한 상황이 벌어진 것 같다는 느낌이 들었다. 저렇게 짖어대는 경우는 낯선 사람이 나타났다든지 아니면 그에 버금가는 일이 생긴 것이다.

"왜들 저러지?"

울타리 쪽을 바라보니 뭔가 이상한 상황이 벌어지고 있었다. 녀석들이 어느 한 놈을 에워싸고 짖고 있었던 것이다. 뚝심이, 삼순이, 심지어는 생후 두 달쯤 된 비실이와 곰탱이까지 합세하여 삼순이를 향해 잡아먹을 듯 짖어대고 있었다. 넉살좋은 삼순이가 웬일인지 꼼짝도 못하고 쩔쩔매고 있었다.

뭔가 이상하다고 느낀 나는 상황판단을 위해 마음을 침착하게 가다듬고 찬찬히 관찰했다.

"아뿔싸!"

그리고 보니 또 다른 삼순이가 함께 악을 써대며 짖는 것이다. '아니 저 놈은 삼순이가 아니네? 그러면 저 놈은 누구야.' 머리 수를 세어보니 한 마리가 많았다. 그렇다면 어디서 한 마리가 더 생겼단 말인가? 그제야 난 큰 실수를 저질렀음을 알았다. 다시 냇가로 내려갔다. 다리 위에서 그들을 내려다보며 물었다.

"혹시 아까 제가 데리고 간 개가 이 집 것입니까? 강아지를 데리고 오셨나요?"

"네, 저희 개에요."

한 아줌마가 대답했다.

"아니, 그럼 왜 아무 말씀도 안 하셨어요. 이거 죄송스럽게 됐네."

"저흰 개를 아주 좋아 하는 분인 줄 알고."

입장을 바꿔 놓고 상황을 재연해 보니 이 얼마나 기막힌 일이란 말인

가. 아침을 계곡에 가서 먹자고 이것저것 준비해서 왔다. 애견까지 데리고. 자리를 펴고 음식을 차리고 막 먹기 시작하는데 저 위에서 뭐라고 소리치던 왜소한 사내가, 자기네 개를 마구 야단을 치고는 심지어는 때리기까지 하면서 덥석 안아갔다. 그리고 그 개가 먹으려던 밥은 어디선가 어슬렁거리며 나타난 늙은 시추가 여유만만하게 먹어버린 것이다. 남의 동네에 와서 싸울 수도 없었을 것이다.

사람들은 그렇다치고 일을 당한 개는 어떤가? 낯선 남자에게 폭행과 납치까지 당한 것도 모자라 감옥(?)에 감금되어 개들에게 포위당해 집단 언어폭력을 당했다. 오해가 풀려서 풀려나긴 했지만 공포에 질린 나머지 정신이 없어서 주인을 찾아가지도 못하고 바닥에서 엉금엉금 헤매며 오줌까지 질금거려야 했다.

나는 냇가를 향해 이 억울한 시추의 신병을 인수해 가도록 통보함으로써 상황을 정리했다. 아무리 실수라지만 그들로서는 '봉변'으로밖에 표현치 못할 일을 저지른 당사자로서 반성하는 의미로 이 글을 썼다. 그리고 이 글을 그 이름 모를 시추에게 바친다. 이 글이 그 개의 정신적 충격을 조금이라도 줄여주기를 바라며.

킬링타임

언제부터인지 녀석이 많이 건 방져졌다. 아까만 해도 그랬다. 한 달에 두어 번 찾아오는 친구 K와 통화할 때였다.

'알았어, 그럼 12시까지 순대국집에 와서 전화해'라며 전화를 끝낼 때 그는 일그러진 표정으로 나를 노려보았다. 그는 평생을 같이 해온 나의 '시간'이다.

"왜 그래? 또."

"K가 오면 자네는 또 내 잔고를 빼 쓸 거잖아. 그 친구 오면 최소한 두 시간은 까먹지. 그런데 그 K인가 뭔가 하는 친구, 시간이나 잘 지키냐고. 이삼십 분 어기는 건 보통이더만. Time is Gold? 아주 웃기고 있어요. 자네 같은 인간들이 돈만 중한 줄 알았지, 시간 알기는 개똥같이 알잖아. 그런 말을 만들지 말던지. 그렇게 소중하다면서 관리는 왜 그렇게 못해? 뭐? Time is Gold? 난 그 말 들을 때마다 어처구니가 없다구. 너희 인간들이 돈 귀하게 여기는 만큼의 십 분지 일만이라도 날 대접해봐. 거기다 반주로 술 한 잔 한 것이 시동이라도 걸리면 일 삼 오 칠 구로 마셔야 된다면서 세 병을 채우겠지. 왕년에 두주불사였던 자네도 이젠 각일 병도 벅찰 걸세. 둘이 세 병이면 필름 끊길 것이 뻔하고, 그렇게 되면 종일 헤매는 것으로도 모자라 내일까지 영향받을 거라고. 그냥 병든 닭처럼 비실비실대느라 수필 한 편이나 읽겠냐구. 다 좋다 치자. 헤매려면 자네나 헤매지 왜 나까지 끌어 들이냐고. 내가 그렇게 만만해? 당신네들 하는 말마따나 킬링타임 하는 거야? 우리들이 왜 인간들의 심심풀이 땅콩마냥 킬링의 대상이 되어야 해? 그리고 K도 그러면 안 되는 거야. 심심하면 제 집에서 잠이나 자든지 등산을 가지, 왜 남의 직장 찾아와 일도 못하게 방해를 놓나? 귀신은 뭐 잡아먹고 사는지 몰라. 그리고 자네, 금년에 몇인가? 일흔이 눈앞이야, 일흔이. 이제 얼마 안 남았다고. 남은 시간 알뜰하게 써야지. 그렇게 무위도식해서야 되겠어? 자네 때문에 나까지 같이 묻히고 싶지 않아. 정신차려 이 사람아.”

나는 녀석을 똑바로 볼 수가 없었다. 목까지 벌개져서 풀죽은 목소리로 그랬다.

“자네야말로 정말 요새 왜 그러나? 잔소리가 왜 그렇게 늘었냐고? 내가 당장이라도 죽을까봐 그러나? 나? 부모 잘 만나서 아흔까지는 너끈히 산다고. 이렇게 좁은 데서 종일 책이나 뒤적이고 인터넷 서핑하며 지내다가 꾸벅꾸벅 졸기나 하며 지내는 게 좋아 보이나? 그 친구라도 가끔 와주면 가뭄에 단비 만난 듯 좋기만 하구만. 늙어가면서 친구처럼 소중한 게 어딨나? 그 친구와 시간을 함께 하는 건 너를 죽이는 게 아니야. 시간을 함께 하는 것이지."

"그렇게 말귀를 못 알아들으니 내가 정말 할 말이 없네. 자네 마음대로 해. 물론 그런 시간도 소중하긴 하지만 나는 술 마시며 누구 씹기나 하고, 허튼 농담이나 하는 데 나를 써먹는 게 싫다는 거야."

그는 핏대를 세우며 화를 냈지만 내 곁을 떠날 수는 없었다. 어차피 그와 나는 이인삼각二人三脚이었으므로. 나는 약속대로 열두 시에 입이 댓발은 나온 그를 질질 끌고 순대국집으로 갔고 K와 점심을 먹었다. 나는 그의 잔소리 때문에 기분이 좋지 않았다. 그는 얼마 전부터 부쩍 짜증이 늘었고 잔소리가 심해졌다. 내 생활태도에 불만이 아주 많은 것 같았다. 나는 홧김에 술을 벌컥벌컥 마셨다. 두 병을 마셨으면 일어나야 했으나 나는 호기 있게 여기 한 병 더! 하고 외쳤다. K가 뭔 일 있어? 하는 표정으로 바라봤다. 시간이 나 대신 한숨을 폭 내쉬었다.

"야, 그만 들어가자. 두 시에 누구 올 사람이 있다."

나는 있지도 않은 약속을 들어 계산을 치르고 순대국집을 나왔다. K는 유아원으로 손녀를 데리러 가야 한다며 고시원까지 따라오지 않았다.

그 다음날은 내 생일이었다. 형이 내 홈페이지에 축하 메시지를 남겼다.

'너의 예순일곱(숫자를 꼭 집어 말하니 경치게 무겁네 그려) 번째 생일을 축하한다. 잘 지내겠지? 나도 별 일 없다. 새해도 건승하기를 빈다.'

'건승? 건승이 뭔데?'

이 문어체의 입발림 인사에 무덤덤했지만 괄호 안에 써 놓은 '경치게 무거운 그 무엇'이라는 문구는 내 발목을 잡았다.

'뭐지? 이 무거움은?'

주저앉고 싶은데 내 발에 묶인 시간은 자꾸 앞으로 달리려 하고 있었다.

나는 그 동안 시간을 많이 죽여 왔다. 은퇴 후에 특히 더 그랬던 것 같다. 갖은 구박을 다했다. 그러면 시간이 없어지는 줄 알았다. 그러나 시간은 질겼다. 알코올처럼 휘발되지도 않았다. 육신처럼 진토되지도 않았다. 그는 지치지도 않고 내 가랑이를 붙잡았다.

'시간'이 언짢아했듯이 시간이란 거부하고 미워하고 죽여서는 안 되는 존재였다. 모든 것을 함께해야 하는 고맙고도 소중한 존재였다.

내가 무슨 권리로 그를 죽인단 말인가.

그 어느 해의 새벽

나는 대학생이 되기 전까지 많은 시기를 부모님 방에서 잤다. 요즘 애들이야 대부분 어려서부터 자기 방이 있지만 우리 때는 그렇지 못했다.

아버지는 새벽에 〈미국의 소리〉라는 라디오 방송으로 아침을 여셨다. '치익치익' 잡음이 섞인 뉴스에 잠을 깨곤 했다. 일단 깨면 이불 안에 머물지 못했다. 학생시절엔 새벽에 일어나면 공부를 하기보다는 산책이나 운동을 했다.

결혼을 하고 사회생활을 하면서도 새벽기상 습관은 그대로 따라왔다. 회사 중간간부 시절에는 경쟁에 뒤지지 않으려고 출근 전에 학원을 다니기도 했다. 내 회사를 운영하게 됐을 때엔 과거에 모시던 사장들이 왜 그리 일찍 출근을 하는지 비로소 알게 됐다. 그렇게 분주한 새벽을 보냈다.

많은 사람들에 비하여 한두 시간을 더 쓸 수 있다는 것은 가진 게 없는 내게 여러 가지로 보탬이 되기는 했을 것이지만 부지런하다고 꼭 성공하는 것만은 아니었다.

부모 세대 앞에선 엄살밖에 안되겠지만 우리 세대도 그리 풍요롭지는 않았다. 4·19 때 교통수단이 끊겨 선배들의 인솔 하에 열 정거장이 넘는 거리를 걸어가며 데모대의 함성, 총소리, 전복되어 불타는 경찰차 등 살벌한 현장을 생생하게 보았는가 하면, 1967년 김신조가 청와대를 습격하러 넘어왔던 해엔 입대를 해서 빳다를 맞아야 마음 놓고 잘 수 있었던 시절을 보내기도 했다.

전공이었던 중국문학이 좋아서 학문을 계속하고 싶었지만 오남매를 키우는 부모님께 부담을 드리기 어려워 포기했다. 번듯한 기업에서 직장생활을 하고 싶었지만 오일쇼크로 취업난을 겪었다. 결국 전공과는 거리가 먼 화장품회사에 취업했다. 이십오 년여 영업직, 관리직 가리지 않고 뛰다가 동종업계에 스카우트되어 경영능력을 발휘해볼 기회를 갖는가 싶었는데 이듬해에 IMF가 터졌다. 오너는 티타임 때마다 직원을 줄이라고 옥죄었다. 줄이다 못해 스스로 물러나왔다.

한창 일할 나이에 놀 수만은 없었다. 아내에겐 봉급사장이라 속이고 회사를 차렸다. 삼 년 만에 매출이 늘자 사업영역을 늘렸다. 직원은 삼십 명에 가까워졌다. 역시 과욕은 금물이었다. 알량한 노하우나 인맥만으로는 회사를 끌고 가기엔 역부족이었다. 자금난으로 힘든 지경에서 발생한 영업사원의 수금사고로 회사는 폐업을 해야 했다. 하루아침에 두 채의 집이 없어졌다.

나무를 좋아하시는 아버지가 남한산성 밑자락에 조그만 야산을 마련해 두었는데 그곳에 오두막이 한 채 있었다. 선택의 여지가 없었다.

52평짜리 아파트에서 그 오두막으로 이사 가던 날은 5월 초. 심신이 얼마나 곤핍했을까만 다음날에도 어김없이 새벽에 눈이 떠졌다. 아내가 깰까봐 살금살금 문을 열고 나가자 잔야殘夜인가, 미명未明인가. 어둠을 밀어내며 푸르스름하게 밝아오는 동편 하늘 아래 드러나는 검은 산자락의 실루엣이 어제 떠나온 도시의 풍경과 사뭇 달랐다. 산중의 새벽은 신선한 공기로 충만했고 풀끝마다 알알이 맺힌 이슬은 보석 같았다. 개울물 소리와 풀벌레의 합창은 덤이었다. 육십 평생에 그렇게 아름답고 신선한 새벽은 처음이었다.

뒷주머니에 오래 넣고 다녀 구겨진 편지를 꺼냈다. 달포 전쯤 부도가 났을 때 가족들에게 쓴 편지였다. 라이터로 불을 붙였다. 그리고 내가 그랬지 싶다.

"살자."

테이블야자

　　　　　　　　　　　　　며칠 전 책상 위의 테이블야자가
왼쪽으로 뾰족한 잎 하나를 내밀었다. 요즘 그것을 들여다보는 재미가
쏠쏠하다. 마치 앙증맞은 아기의 새끼손가락 같다. 잎사귀 하나 내어놓
는 게 무슨 대수이겠는가마는 이놈의 경우는 왠지 대견스럽고 반가웠
다. 주인에게 버림받은 보잘것없는 화분을 거두어 정성껏 가꾸어 주었
더니 이제야 내게 마음을 여는가 보다.

　일 년 전쯤 3층의 방을 쓰던 고시생이 퇴실을 하겠다며 열쇠를 반납
하러 왔다. 서당개 삼 년이면 풍월 읊는다던가? 합격을 해서 방을 빼는
지, 낙방을 해서인지 표정만 봐도 알게 된 것은 고시원 관리 삼 년이 지
나면서부터다. 붙은 아이들은 '어떻게 됐는지 물어봐 주실래요?'라는

표정이다. 나는 그가 현관을 들어서는 순간 불합격임을 감지했다. 그럴 경우엔 무심히 지나쳐주는 게 예의다. 교사 임용고시를 준비하던 그는 힘없이 웃으며 말했다.

"좀 쉬었다가 다시 준비하려구요."

"그래 좀 쉬었다가 다시 와. 좋은 방 남겨 둘게."

그를 보내고 나서 그가 썼던 방을 청소하러 가니 창가에 조그만 화분이 놓여 있었다. 테이블야자였다. 고시생에게 버림받은 그것을 보는 순간, 오래 전에 비슷한 일을 겪은 기억이 떠올랐다.

십 년 전, 남의 이야기인 줄만 알았던 부도가 났다. 사무실은 마치 폭격이라도 맞은 양 어지러웠다. 서류들을 찢어서 빈 박스에 버리는 직원들, 쓸 만한 컴퓨터며 집기들을 트럭에 싣는 직원들, 무표정인 그들은 모두들 말이 없었다. 나는 팔짱을 끼고 이층 사장실 창가에서 그 모습을 참담한 심경으로 내려다보고 있었다. 열심히 일해 온 그들에게 면목이 없었다. 허나 무슨 말을 하랴.

떠나기 전 마지막으로 방안을 둘러보았을 때 창가에 놓인 테이블야자가 눈에 들어 왔다. 이 사무실로 이사 왔을 때 누군가가 인사차 방문하면서 가지고 온 것이었다. 그 귀여운 식물 이름이 테이블야자라는 것도, 왜 그런 이름을 갖게 되었는지도 그때 처음 알았다. 마치 하와이 해변에 줄지어 서서 그늘을 만들어주는 야자수의 미니어처 같았던 것이다. 내 승용차가 온갖 자료들, 사무실 비품들로 발 딛을 틈이 없었더라도 그깟 조그만 화분 하나 실을 틈이 없었겠는가마는 십수 억의 재산을 날린 내 마음엔 그런 여유가 없었다.

내 마음이 그러거나 말거나, 오불관언, 테이블야자는 어떻든 상관없다는 듯 싱싱한 잎을 봄바람에 맡긴 채 산들거리고 있었다. 그 모습이 내 회사의 마지막 정경으로 기억창고에 저장이 되어 있었나 보다.

낙방생이 놓고 간 테이블야자는 물을 준 지가 오래되었는지 시들시들했다. 그것을 화단에 심을까, 사무실 책상에 놓아둘까 망설이다가 사무실로 가져왔다. 그리고는 잊을 만하면 한 번씩 물을 주었다. 내가 십년 전에 그렇게 돌보았듯이. 녀석은 잘 자랐다. 화분이 작게 느껴질 정도로 크자 분갈이를 해서 두 화분에 나누어 심었다. 그러나 다른 화분에 나누어 옮긴 테이블야자는 심통난 어린아이 모양 처음 상태에서 좀처럼 변화를 보이지 않았다. 그 동안 테이블야자를 관찰한 바로는 본줄기 곁에서 또 다른 줄기가 나와 길게 뻗은 후 퍼지면서 양 옆으로 잎을 피워 야자수다운 모양을 갖췄다.

하지만 녀석은 줄기 상태에서 성장을 멈춰 버렸다. 그것도 두 달 가까이. 분갈이를 잘못한 것은 아닐까, 마음이 쓰였다. 혹시 죽은 건 아닐까 이리저리 살펴보았다. 죽지는 않은 것 같았다. 성장만 하지 않고 있을 뿐 뿌리나 잎의 색은 그대로였던 것이다. 뿌리가 제자리를 잡으려면 시간이 좀 걸린다고 들었지만 길어도 너무 길다 싶었다. 한동안 관심을 접기로 했다. 과잉보호에 버르장머리가 없어진 탓이리라 생각이 든 것이다. 역시 틀리지 않았다. 어느 날인가 들여다보니 잎이 펼쳐지는 것 같은 미세한 변화가 눈에 띄었다.

분갈이 후 테이블야자가 잘 자라주니 큰 은혜라도 베풀어준 양 뿌듯하다. 혹시 낙방생이 버리고 간 테이블야자를 십 년 전에 내가 회사와 함께 버리고 온 테이블야자로 생각하고 그를 거두고 돌보아줌으로써 마음의 빚을 조금이나마 줄이려 했던 것은 아닐까? 식물이 잘되면 그 집안이 번성한다는 말이 있다는데 내가 돌본 테이블야자가 혹 보은報恩이라도 하지 않으려나? 일흔을 바라보는 나이지만 나도 테이블야자처럼 늦게나마 번성하지 않으려나, 실없는 생각을 다해 본다.

마음이 약해지면 하찮은 것에도 의지를 하게 되는가 보다.

득호기 得號記

       수십 년 만에 만난 은사님이 벼
루 세트를 선물했다. 첫 만남에서 내가 저녁을 대접했더니 보름쯤 후에
벼루 세트를 일부러 갖고 오셨다. 포장을 뜯어보니 가로 25cm, 세로
18cm에 두께 3.5cm의 작은 크기이다. 한서 장정처럼 디자인되어 있는
데 표지엔 예원진품藝園珍品이라고 초서로 쓰여 있었다. 표지를 여니 작
은 벼루에 작은 붓, 먹, 그리고 낙관용 옥인玉印 한 쌍이 들어 있었다. 앙
증스러운 휴대용 문방사우였다. 그 벼루 세트를 물끄러미 바라보며 과
연 이것을 쓸 수나 있을까 하는 생각에 잠겼다.

    하루 중 삼 분지 이 이상을 지내야 하는 사무실은 한 평 반이 채 안 되
어서 붓글씨를 쓰기 위한 궤안几案과 서예용품 일습을 놓는 것은 불가

능했다. 그 때문에 서예를 포기했었다. 6년 전이 생각난다. 그때는 정말 열심히 썼었다. 무엇보다도 서예를 하시던 어머니가 서예문구들을 물려줄 자식이 생겼다며 좋아하셨던 기억이 새롭다.

물끄러미 벼루 세트를 보다가 퍼뜩 생각이 떠올랐다. 이 미니세트라면 이 방에서도 쓸 수 있겠다. 화선지를 작게 잘라 작은 붓으로 쓰면 되는 것이다. 꼭 큰 종이에 쓰라는 법은 없잖은가. 당장 지하창고로 가서 쓰다 남은 화선지와 작은 붓 몇 개를 챙겨왔다. 화선지를 육 등분 하니 A4 용지보다는 조금 큰 사이즈의 두툼한 연습장이 생겼다.

먹을 갈아 몇 자 써봤다. 기분이 좋았다. '이러면서 글씨도 쓰고 한시도 외우고 하면 좋은 거지. 명필이 될 것도 아니고……' 그러다가 머리 부분을 용으로 조각한 옥인 한 쌍에 눈이 갔다. 낙관이 없는 것은 아니었지만 세필細筆로 작은 종이에 글을 쓴다면 이 옥인 크기가 맞겠다 싶었다. '이걸 놀릴 이유가 없지. 이 기회에 한 벌 새기자. 그런데 호號는 어떻게 할까?' 전에 한자를 배울 때 한자 선생님이 지어준 호가 있긴 했다. 그러나 솔직히 그리 마음에 드는 호는 아니었다.

"상원桑原, 뽕나무 들판이라는 뜻이죠. 김삼진 선생은 사람들에게 쓸 모가 많은 뽕나무가 잔뜩 심어져 있는 들판 같은 사람이 되라는 뜻입니다."

한자 선생님은 쪽지에 쓴 호를 주며 이렇게 얘기했다. 감사하다며 넙죽 받았지만 속으로는 웬 뽕나무(?)라고 했던 것 같다. 학기말에 과제로 지은 한시에 급하게 새긴 '桑原'이라는 낙관을 찍긴 했다. 그러나 그 낙관은 2년 후에 고시원 관리를 맡게 되면서 직인職印으로 사용됐다. 입실료를 수납하고 건네주는 영수증에 찍었던 것이다. 그나마 요즘은 그 도장 찍는 것도 번거로운 일이어서 사인sign으로 대체했다. 그 낙관을 어느 서랍에 두었는지 기억이 나지 않았다. 한참만에야 찾은 그 딱한 낙관을 들여다보니 한숨이 절로 나왔다.

'뽕나무 들판? 그래서 내가 지금 한 평짜리 좁아터진 방에서 하루 종일 갇혀 있더냐?'

나는 새로 시작한 글쓰기를 위해 낙관을 새로 파기로 했다. '새 술은 새 부대에 담아야 제 맛이지.'

마침 문우 H에게서 전화가 왔다. 이런저런 이야기를 하다가 선물로 받은 벼루 세트 자랑을 했다. 호를 새로 하나 지을까 생각중이라는 이야기도 했다. H는 새로운 제안을 했다. 호라는 것은 일종의 별명 아니냐. 별명이란 그 사람의 특징, 소위 당사자의 콘셉트가 잘 드러나야 할 것이다. 나의 특징이나 좋은 점들을 잘 아는 분이 의외로 촌철살인의 별호를 지어줄 수 있을지 모른다. 그러니 L선생께 한 번 부탁을 드려 보는 게 어떨까? 하는 것이었다.

L선생은 중견수필가로 한문에도 조예가 깊은 분이다. 내가 그분의 작품을 좋아하는 이유는 작품에서 대상들에 대한 애정과 세심한 관찰력이 느껴지기 때문이다. H의 말이 제법 그럴 듯하게 들렸다. 그분에게 나는 어떻게 보여졌을까?

L선생에게 전화를 했다. L선생은 겸손의 말로 극구사양을 했지만 가

벼운 마음으로 짓는 것이니 그냥 가볍게 받아들이고, 진지한 것보다는 재미있는 것으로 지어달라고 부탁했다.

일주일쯤 후 H에게서 문자가 왔다.

"L선생님 연락 안 왔어요? 호를 지었나 보던데. 너무 재미있어서 저 배꼽 잡았어요. 하하하."

"뭘까? 겁나네요."

"실컷 궁금해 하세요. 전화하시겠죠."

그러나 두 시간이 지나도록 L선생은 전화를 하지 않았다. 내가 전화를 해야 되나 생각하다가 예의가 아닌 것 같아서 진득하게 기다리기로 했다. 한 시간이 또 지나갔다. 나는 또 H에게 전화했다. H는 내 쪽에서 전화를 해보라고 했다. 아마 차마 먼저 전화를 할 용기가 없어서인지도 모른다면서. 이미 L선생으로부터 내 호를 들은 H가 그렇게 이야기하니 더욱 궁금해졌다. 궁금증을 참지 못하고 결국 내가 먼저 전화를 했다. L선생은 내 목소리를 듣자마자 웃기부터 했다. 그러더니 설명을 했다. 호를 부탁받은 후에 줄곧 뭔가 반짝하는 기발한 게 없을까하고 생각해 왔단다. 그러면서 '나'라는 사람은 사고가 어디 얽매이지 않고 자유롭다는 점, 그리고 나이에 비해 젊게 살기 때문에 소박하고 순수한 이미지를 살려야 한다고 생각했단다. 그러다 보니 집약되는 한자가 들 야野, 흴 소素, 아이 동童이었고 이 글자들로 조합을 해보니 그 중 적합한 것이 하필이면 '야동野童'이었단다.

L선생이 쓴 야동은 수 년 전 배우 이순재가 〈거침없이 하이킥〉이라

는 시트콤에 출연하면서 얻은 별명인, 인터넷신조어 야동野動과는 한자가 다르다. 그러나 사람들은 그 야동으로 잘못 받아들일 것이다. 그렇다고 번번이 이런 내력을 일일이 설명하기도 귀찮은 일이다. 사람들은 그럴 것이다.

'그 사람, 장난기가 많더니 호도 자기처럼 지었구만.'

나름 심사숙고해서 이리저리 조합을 해 만든 호가 하필 동음이의同音異義의 '야동'이라니. 차마 내게 전해주질 못하고 중매자인 H에게 사정 이야기를 하다가 둘이 배꼽을 잡는 모습을 떠올리며 미소를 지었다. 명색이 호인데 장난기로 지었다는 오해를 받을까 걱정했으리라.

그러나 나는 개의치 않고 기꺼이 '야동'을 나의 호로 사용하겠다고 말하고 고마워했다. 사람들이 어떻게 받아들이건 나에게는 중요하지 않다. 호를 지어준 분이 나를 그렇게 보아주었다는 것이 중요한 것이다.

그러고 보니 공교롭게도 얻은 두 호가 모두 들판을 뜻하는 원原이요, 야野를 품고 있다. 호를 지어준 두 분 모두 내가 말년에 고시원 관리직이라는, 한 평 반도 채 안 되는 비좁은 사무실에 앉아 방 안내니, 수납이니 하는 일이나 하고 있으리라는 것은 염두에도 두지 않았으리라. 어디까지나 내가 잘 되기를 바라는 뜻으로 지어준 것이다. 그러니 현실의 옹색함에 대해 불평하지 말자.

"청산은 나를 보고 말없이 살라하고, / 창공은 나를 잡고 티없이 살라하네. / …… / 사랑도 벗어 놓고 미움도 벗어 놓고 물같이 바람같이 살다가 가라 하네"라고 한 나옹선사 말마따나 비록 비좁은 곳에 묶여 자유롭지 못하더라도 마음만은 넓은 들판을 누비고 다니라는 뜻으로 새겨듣자.

옥인을 새로 새겨 6등분한 화선지에 작은 붓으로 글을 쓴 후 야동 낙관을 호기 있게 찍어 보아야겠다. 낙관 속의 아이가 드넓은 들판을 천방지축 뛰어다닐 것이다.

손바닥선인장

아내가 어디서 났는지 못 보던 선인장을 화분에 심고 있다. 쑥개떡같이 넓적한 타원형의 몸체들이 위로, 옆으로 뻗어나가는 흔한 선인장이다. 심으면서 잔가시들이 손에 박혔는지 투덜댄다.

"아이, 이런 건 왜 줘가지고 귀찮게 하는지 몰라."

"뭐야, 그게. 누가 줬는데?"

"그 쓰레기 치워가는 할머니가 줬어. 따가워 죽겠네."

고시원을 개원한 후, 우리 고시원은 폐지를 수거해 생활비를 스스로 벌어야 하는 가난한 노인네들의 표적이 되어버렸다. 150여 명의 고시생들이 쏟아내는 쓰레기는 엄청났다. 그들에게 매일 매일 배달되어 오는 택배 물건들은 빈 박스들을 수없이 남겼고, 새로 입실하는 고시생들이 짐을 정리하고 나서 나오는 쓰레기도 늘 쓰레기장을 가득 채웠다. 퇴실하는 아이들은 고향으로 돌아가며 그 지켜웠던 책들을 무더기로 버리고 갔는데, 책들이야말로 폐지수거꾼들에겐 가장 인기 있는 품목으로 먼저 집어가는 사람이 임자였다.

고물상을 하는 친구가 지나다 들른 적이 있다. 그는 고시원 규모를 보더니 좋이며 알루미늄캔 등으로 한 달에 2백 정도의 수입은 너끈히 올릴 수 있겠다고 했다. 솔깃해서 직접 해볼까 하고 식구들에게 이야기를 했다. 모두들 '턱도 없는 일'이라며 고개를 가로저었다. 그것들을 비 맞지 않게 어디에 보관할 것이며 누가 매일 깡통이며, 박스며, 책들을 분류해가며 모을 것이냐, 그 일 아니라도 할 일이 많은데 무리하지 말자는 반대에 부딪쳤다. 한 발 물러나 생각해 보니 이 폐품에도 목숨 거는 사람들이 많은데 이 일을 직접 한다면 결과적으로 그 사람들의 수입을 빼앗는 셈이 되어 버릴 테고, 무엇보다도 본연의 업무에 대한 집중력이 떨어져 혼란스러워질 것이었다. 그래서 누가 가지고 가든 상관하지 않기로 했던 것이다.

고시원 쓰레기 집하장엔 동네 노인들이 하루에도 몇 번씩 들락거리며 폐지를 주워갔다. 어떤 노인은 아예 건너편에 의자를 놓고 앉아서 누가 뭘 갖다 버리나 지켜보고 있다가 버리기가 무섭게 집어갔다. 또 어떤 노인은 낮에만 활동했고, 어떤 노인은 열두 시가 넘은 오밤중에 쓰레기를 가지러 왔다. 그러다 보니 여러 가지 문제가 발생했다. 자기들이 필요한 것만 집어가고 나머지 것들은 '나 몰라라'였다. 수거차가 와서 싣기만 하면 되게끔 분리하여 정리해놓은 것이 그들로 인해 지저분하게 흩어져서 또 손을 봐야 했다. 음식물을 담아놓은 비닐봉투를 밟아 터뜨려 국물자국과 냄새가 없어지질 않았다. 쓰레기를 담아놓은 상자를 가져가기 위해 그 쓰레기를 쏟아버리고 상자만 가지고 가는 얌체 같은 노인도 있었다. 쫓아가서 항의를 하면 알아들을 수 없는 말 몇 마디 중얼거리고는 끝이었다. 연세가 많은 노인이어서 말도 함부로 할 수가 없었다. 새벽 두 시에 부스럭거리는 소리가 나서 나가 보면 살림채 바로 뒤에서 시커먼 그림자가 쓰레기를 뒤지고 있어 놀란 적도 한두 번이 아니었다. 주거침입이라고 싫은 소리를 하면 별소릴 다 지껄인다는 식으로 퉁명스레 되받기까지 했다.

드나드는 노인들이 대여섯 명은 되는 것 같았다. 이건 아니다 싶었다. 질서를 잡아야 할 필요를 느꼈다. 아무나 함부로 들어오게 하기보다는 누군가 한 사람에게 몰아줘야겠다는 생각을 했다.

어느 날 쓰레기를 분리하고 있던 집사람이 폐박스 등을 접어 밀차에 싣고 골목을 빠져나가는 할머니의 뒷모습을 가리키며 말했다.

"저 할머니한테 맡길까봐. 다른 사람들은 들어오지 못하게 하고. 저 할머니가 깔끔하신 것 같애. 할아버지들한테 밀리기나 하는 게 딱하기도 하고."

그 후로 그 할머니 외의 노인들은 출입을 통제했다. 폐지류는 할머니가 쉽게 가져갈 수 있도록, 그리고 다른 사람이 가지고 갈 수 없도록 따로 보관해 두었다. 우리는 쓰레기장의 무질서를 평정했고 할머니는 우리의 비호를 받으며 고시원에서 나오는 폐지를 독점하게 되었다.

그러던 어느 날, 아침을 먹는데 집사람이 말했다.

"글쎄 그 할머니가 나한테 꼬깃꼬깃 접은 돈을 주는 거야."

"뭐? 그래서 받았어?"

"그걸 어떻게 받우? 할머니, 이런 거 안 주셔도 돼요. 그냥 편하게 가져가세요. 그랬지."

"잘했어. 에구, 할머니가 인사치레를 하시려고 했구만."

할머니는 다른 사람들을 젖혀 놓고 자신을 선택해준 것이 고마웠던가 보다. 그 후에 할머니는 직접 담근 된장과 고추장을 주겠다고 했고 아내는 펄쩍 뛰며 손사래를 쳤다. 고마움의 표시를 어떻게든 하고 싶었나 보다. 할머니는 우리 고시원뿐만 아니라 여러 군데를 다녔다. 우리 고시원에서 꽤 멀리 떨어진 골목에서도 쓰레기를 정리하는 모습을 여러 번 봤다. 언젠가 새벽 네 시쯤에 고시원을 둘러보려고 나가는데 할머니가 손수레를 끌고 고시원 앞을 지나가는 중이었다.

"할머니, 이 새벽부터 어딜 가세요. 그나저나 연세가 어떻게 되셔요?"

아무도 없는 새벽이어서 이런 질문을 할 수 있었는지 모르겠다. 늙으니까 잠도 없어져서 쓰레기나 주우러 다닌다는 할머니는 올해 여든일곱이라 했다. 젊어서는 고왔을 이목구비며 잔잔한 표정이 한복 곱게 입고 널찍한 안방에서 보료에 기대어 증손자들 머리나 쓰다듬는 모습이 더 잘 어울릴 것 같았다. 그런 할머니에게 폐품 수거독점권을 줬답시고 자식은 몇이냐, 이렇게 사시는 걸 알고 있느냐는 등의 질문은 유쾌하지 않으리라. 독거노인이면서 노동을 해 당당하게 살아가는 강인한 생활력이 진하게 마음에 와닿았다. 나 같으면 저럴 수 있을까? 자문해봤지만 자신이 없었다.

어느 날 그 할머니는 돈도 된장도 고추장도 사양한 아내에게 신문지에 둘둘 만 것을 내밀었다. 선인장이었다. 아내가 차마 그 성의마저 사양을 못하고 손에 가시가 박혀가며 화분에 아무렇게나 심은 지 열흘쯤 지났을 때, 그 쑥개떡 같은 선인장에는 꽃봉오리가 너덧 개 맺혔다. 사진을 찍어, 지인에게 물어도 보고 인터넷으로 검색도 해보았다. 그것은 손바닥선인장이었고 '천년초'라고도 불렸다. 이런 설명도 쓰여 있었다. '추위에 강하고 병충해 거의 없음. 척박한 곳에서도 잘 자람.'

할머니는 알고 있을까? 당신이 바로 손바닥선인장임을.

나는 늙지 않는다

미용사는 머리를 이리저리 돌려보다가 스펀지로 머리카락을 털기 시작했다. 그리고는 샴푸대 쪽으로 가 염색약을 개어 갖고 왔다. 목에 케이프를 두른 후 꼬리빗으로 머리 여기저기를 뒤적여보더니 전보다 더 많이 세어 염색을 하지 않는 것이 오히려 보기 좋을 것 같단다.

좋아해야 할지 어떨지 몰라 미용사 표정을 살피다가, 그건 더 두고 생각해 보기로 하고 기왕에 준비를 했으니 일단은 염색을 하자고 했다.

'머리가 허예지면 사람들이 나를 대하는 것이 달라지겠지. 호칭도 달라질까? 버스나 지하철을 타면 자리를 양보하는 사람들이 더 늘 테고. 외양으로 노인대접 받는 건 싫은데……'

오 년 전쯤 뉴질랜드에 살고 있는 형이 다니러 왔을 때다. 나를 본 형이 고개를 갸우뚱하더니 염색을 했느냐고 물었다. 퇴직 후에도 습관처럼 염색을 하고 있었던 데다가 형을 만나기 이삼 일 전에 염색을 해서 표가 나게 검긴 했었다. 고개를 끄덕였다.

"늙어 보이지 않으려고 안간힘을 쓰는구나. 늙음을 그냥 받아들여라. 순리를 거스르지 말고."

그 말을 들은 후 염색을 끊었다. 가형家兄의 말이어서 받아들였다기보다는 마침 두 달여마다 염색하는 것을 귀찮아하고 있었던 참이었다. 울고 싶자 뺨 맞은 셈이다. 얼굴은 쭈글쭈글한데 머리만 새카맣다고 젊어 보이는 것은 아닐 터. 회사를 그만두기 전에는 업무상 만남이 많아서 염색이 필요했을지 모르지만 백수가 되니 머리에, 아니 외모에 신경 쓸 일이 없어졌다. 그저 습관처럼 해온 것이다. 염색을 하지 않으니 편하긴 했다. 그러다가 다시 흑발이 된 것은 어느 날 길을 묻던 여학생 때문이었다. '할아버지'라니. 어딜 봐서 내가 할아버지란 말인가. 그러나 거울을 보니 여학생을 탓할 일만은 아니었다. 후줄근한 차림에 덥수룩한 머리, 그뿐인가 머리는 언제 저렇게 세었던가.

충격은 거기서 끝나지 않았다. 그 즈음 모임에 참석하기 위해 외출을 했는데 버스에 타기가 무섭게 젊은 사람이 벌떡 일어나며 자리를 권한 것이다. 당황했지만 여유 있게 미소를 지으며 젊은이의 어깨를 눌러 앉히긴 했다. 카멜레온처럼 환경에 따라 머리색이 바뀔 수는 없는 것일까. 형의 말마따나 이젠 늙음을 받아들여야 할 때가 된 것인가? 마지못해 눌러앉은 젊은이가 짐짓 차창 밖을 내다보는 척은 하고 있지만 빨간 체크 무늬 셔츠에 청바지를 입었다고 나이가 감춰지냐고 속으로 비웃고 있을지도 모른다는 생각이 들었다. 그래서 다시 염색을 시작한 것이다.

"이제 머리 감으시지요."

미용사를 따라 샴푸대로 갔다. 미용사는 정성껏 머리를 감아주고는 타월로 닦아 주었다. 자리로 돌아와 거울을 보니 덥수룩하던 머리가 단정해졌고 추레했던 회색머리는 까맣게 변해 윤기마저 돌고 있었다. 이런 나를 칠십을 바라보는 노인으로 볼 사람은 없을 듯싶었다. 마무리를 해주던 미용사가 만족해하는 내 표정을 살피며 미소 지었다.

"염색을 하는 게 역시 좋아 보이세요. 아까 말씀 드린 것 취소할게요. 호호호."

초고령화시대니, 백세시대가 열렸느니 하는 판에 노인 행세를 할 수는 없다. 옛날 평균 수명이 40대였던 시대엔 서른 중반만 되어도 뒷짐 지고 팔자걸음으로 헛기침하며 늙은이 행세를 했을지 모르지만 지금 시대엔 웃음거리가 될 뿐이다. 고령시대이니만치 더 젊게 살아야 한다. 아직은 체력도 여전하고 생각도 젊다. 젊게 살기 위해서는 생각을 젊게 가지는 것도 중요하지만 외모도 단정하고 밝게 꾸며야 할 것이다. 염색을 포기할 나이가 일흔이 될지 여든이 될지 모르겠지만 그때가 되면 나도 순리라고 생각하고 순순히 받아들이련다. 적어도 지금은 아니다.

오늘의 운세

'마음에 안 들어도 화 내지 말 것.'

J일보 오늘의 운세에 실린 돼지띠 중에서도 47년생의 운세다. 오늘 뭔가 화를 낼 일이 생기려나? 오늘은 화가 나도 표내지 말고 속으로 삭여야겠다고 생각한다. 뒤돌아서면 잊어버리는 '오늘의 운세'를 믿지는 않지만 나쁘게 나오면 찝찝하고 좋게 나오면 기분이 좋다. 오늘 같은 운세는 빤한 이야기이지만 몸을 사리게 된다. 조심해서 나쁠 건 없다.

방이 160개 되는 고시원을 관리하고 있다. 20대 초반에서 30대 중반까지의 공무원 시험, 교사 임용고사, 대학 수능시험을 준비하는 고시생들로 늘 차 있다. 그들을 관리하다 보면 화를 낼 일이 많다. 하루 종일 화를 내도 모자랄 판이다. 그들은 아무 데나 침을 뱉는다. 세수할 때 지켜보면 물을 세면대에 받아서 하지 않는다. 콸콸 틀어 놓고 흐르는 물에 세수를 한다. 양치질하는 동안에도 물은 계속 하수구로 유실된다. 어렸을 때, 겨울에 솥에서 뜨거운 물 반 바가지에 찬물을 섞어 쓰던 기억이 떠올라 한마디 하고 싶지만 서른이 넘은 우리 애들도 그들과 다르지 않으니 입을 다물고 만다. 전기는 열에 다섯은 켜놓고 다닌다. 재떨이가 있는데도 꽁초를 그 주변에 그냥 버린다. 주방에서 식사를 한 후에 의자를 테이블에 들여 놓는 사람은 거의 없다. 분명히 금지되어 있음에도 방안에서 몰래 밥을 해먹고 전기장판을 몰래 사용하기도 한다.

좋은 말로 하려고 해도 그러지 않았다고 버티면 언성이 높아질 수밖에 없다. 정수기 배수구에 먹다가 남긴 라면찌꺼기를 버리고, 화장실 휴지통에 버리게 되어 있는 휴지를 변기 안에 버려 일주일에 두어 번은 변기를 뚫으러 다녀야 한다. 여학생들 중엔 생리하는 것을 자랑이라도 하듯 사용하고 난 패드를 화장실 창틀에 버젓이 놓아두는 애들도 있다. 민망하기 짝이 없다. 새로운 내용의 공지문을 몇 장씩 써 붙이는 것은 일상적인 일이다. 그러나 오늘의 운세는 화를 내면 더 안 좋은 일이 생길 수도 있다는 듯 '마음에 안 들어도 화 내지 말라'고 했다.

오후 두 시쯤이다. 책을 읽다가 CCTV를 본다. 화단에 여학생 둘이 앉아 이야기 하고 있다. 친구를 찾아 와서 기다리나 보다고 생각했다. 다시 책으로 눈을 돌린다. 20분쯤 지났을까? 다시 모니터를 보니 그 여학생들은 아까 그 모습 그대로 이야기를 나누고 있다. 아, 그런데 담배를 피우고 있다. 혀를 끌끌 찬다. 부모들은 알까? 302호의 골초 여대생을 찾아왔나? 그 아이를 찾아온 친구들은 대개 담배를 피웠다. 유유상종이라 했으니……. 벌건 대낮에, 어린 나이에, 겉멋이 들어서 저러겠지? 책을 덮고 나가보기로 했다.

골목으로 들어가며 못마땅한 눈초리로 본다. 한 아이는 담배를 나무젓가락으로 집어서 피우며 빤히 나를 바라본다. 손끝에 니코틴 진액이 묻는 것은 싫으면서 기관지에는 막 묻혀도 상관없다는 건가. 옷 입은 것을 보니 한 아이는 교복 차림이다. 대학생이 아닌 고등학생들이다. 이야기를 멈추고 나를 흘끗 쳐다보는 아이들은 곧 내 존재를 무시하고 계속해서 수다를 떤다. 그런데 그들의 발밑이 어지럽다. 진분홍 영산홍 꽃잎들이 수북이 쌓여 있다. 이야기를 하면서 한 손으로 꽃잎을 따서 톡톡 던졌나 보다. 화를 내면 안 된다는데……. 꽃은 왜 따서 버려? 요즘 한창 자태를 뽐내던 영산홍에 남은 꽃잎 두어 개가 애처롭다. 화가 나기 시작한다. 그러나 참아보기로 한다. 그래, 화를 내지 말고 쫓아내면 되지. 화단을 손보는 척하면서 쫓아야겠다고 꾀를 낸다.

사무실로 들어가 전정가위를 들고 나온다. 봄이 되어 가지마다 새순이 나오고 있는 향나무를 다듬기로 한다. 구석에 있는 향나무부터 작업을 시작한다. 아이들이 있는 곳까지 서서히 옮겨가면 알아서 떠나겠지. 향나무를 둥글게 다듬으며 속의 잔가지를 쳐낸다. 이러면 통풍이 잘되겠지. 작업을 하면서 점점 가까이 다가가는데도 아이들은 본 척도 않고 수다에 열중이다. 꽃잎에 신경을 쓰느라고 몰랐는데 가까이 가면서 보니 아이들 앉은 자리의 땅바닥은 침투성이다. 갈수록 태산이다. 이맛살이 절로 찌푸려진다. 부글부글 끓어오르는 분노를 가라앉히며 할 말을 머릿속으로 정리해본다. 교양 있게 말을 던진다.

"친구 찾아 왔니?"

"아뇨. 그냥 얘기하는 건데요."

"그럼 왜 여기서 얘기하니?"

나하고 가까운 쪽의 아이가 사나운 눈으로 째리듯 본다. 아주 사나운 상이다.

"왜요? 여기서 이야기하면 안 되나요? 여기가 할아버지 땅이에요?"

방심을 하다가 급습을 당했다. 카운터펀치를 맞은 듯 정신이 없다. 거기다가 할아버지라니? 가는 말이 고우면 오는 말도 곱다 했는데. 순간 이성이 흔들린다. 그러나 마음을 다잡는다. 조금만 더 참자. 나는 골목이 내려다보이는 2층과 3층의 창문들을 가리키며 조분조분 말한다.

"여기는 고시원이야. 저 위에 공부하는 아저씨들은 너희들 이야기 소리에도 신경이 많이 쓰일 거야. 조금 전에 탁 하고 문 닫는 소리 났잖아."

"알았어요. 조그맣게 이야기할게요."

이 아이는 먼저 대뜸 시비조로 이야기한 아이에 비하면 비둘기파인가 보다. 타협적이다. 조용하게 이야기할 터이니 그대로 있게 해달라는 뜻이다. 그러나 먼저 아이는 여전히 사나운 상을 누그러뜨리지 않는다. 친구와 담소를 하는데 왜 정신 사납게 여기 와서 작업을 하냐는 것일 게다. 덧붙여, 못마땅해 하는 그 속을 우리가 모를 줄 아냐는 것일 게고. 그러거나 말거나 비둘기파 아이의 말에 힘입어 아이들의 발밑을 가리키며 하고 싶은 이야기를 해버린다.

"그리고 멀쩡한 꽃잎은 왜 그렇게 따버리며 침은 왜 그리 뱉니. 그게 뭐냐? 지저분하게."

나는 기어코 쉿소리를 낸다. 그러나 순간 후회한다. 아, 조금만 더 참을 것을……. 그러나 이미 시위를 떠난 살이다. 원인은 매파 아이가 제공했다. '여기가 할아버지 땅이냐'니? 어떻게 그런 말을…….

순간 아주 못마땅한 표정을 짓고 있던 매파의 아이가 돌연 한마디 하며 발딱 일어선다.

"아이, 짱나. 야, 일어나자."

뭔가 실마리를 찾을 듯했던 협상은 결렬되어 버렸다. 그때 아내가 문을 열고 나왔다. 구원군이라도 만난 듯 아내 쪽으로 고개를 돌리는 사이에 아이들은 뭐라고 한마디씩 하며 골목길을 나가버렸다.

"저 아이들한테 뭐라고 했기에 저러고 가?"

"왜, 뭐랬는데?"

"땅에다 대고 '존나 재수 없어' 하면서 웩웩, 토악질을 하고 가잖아."

"뭐라고? 이것들이 정말……."

쫓아가려는 듯 몇 발자국 옮기자 아내가 말린다. 다행이다. 사실은 말려주길 바랐다. 일단 쫓아버렸으면 소기의 목적은 달성한 것이다. 나는 자초지종을 과장해서 침을 튀며 설명한다. 너무 흥분해서 말까지 더듬는다. 그런 내 모습을 보며 아내는 한심하다는 표정을 감추려 하지 않는다.

"싸울 애들이 없어서 이젠 손녀뻘 되는 아이들하고 다투우? 웬만한 건 좀 그냥 지나가요. 꼴 좋수. 애들한테 웩웩이나 당하고. 당신 요즘 전 같지 않은 거 알아요? 왜 그렇게 신경질이 늘었대?"

당연히 내 편을 들어줄 줄 알았던 아내가 비아냥거리자 더 화가 난다.

"당신이 직접 그 꼴들을 봤어야 해. 아마 그랬으면 당신은 나보다 더 난리를 쳤을 거라고. 뭐? 여기가 할아버지 땅이냐고?"

나는 찬바람을 내며 사무실로 돌아왔다.

육십이이순六十而耳順이라는데 철없는 여고생의 한마디에 그렇게 불같이 화를 내다니……. 어디서부터 잘못된 것일까? 생각할수록 얼굴이 화끈거린다. 강한 사람은 화를 내지 않는다고 했다. 약하기에 화를 내는 것이다. 여기는 공부하는 사람들만 있는 곳이니 조용하게 이야기하라고 양해를 구했으면 이런 망신은 당하지 않았을 것이다. 여학생이 담배 피울 수 있고, 침 뱉을 수 있고 이야기 하면서 재미삼아 꽃잎 딸 수 있다. 그게 무슨 대수라고. 내 견해가 옳다는 고집, 너는 틀렸고 나는 옳다는 생각 때문에 일어난 일이다.

'마음에 안 들어도 화 내지 말 것.' 오늘의 운세가 아니라 여생의 운세로 삼을 일이다.

반려견伴侶犬

8년 전, 사업에 실패하여 시골에 기거할 때의 일이다. 마을 초입에 사는 송 씨가 술을 마시고 후진을 하다가 우리집 개를 치어 죽였다. 비실댄다고 해서 '비실이'라고 불렸던 그 강아지는 여섯 달 정도밖에 안 된 시추 종이었다. 실의에 차 있던 시기에 그놈의 재롱은 큰 위안이 되었었는데 비명횡사에 그만 망연자실했다. 아내는 '비실이'를 끌어안고 엉엉 소리 내어 울었다. 이 일로 마을 사람들에게 흥이 잡혔다. 구경을 하던 마을의 터줏대감 정 노인은 나 들으라는 듯 '개는 개지, 부모라도 돌아가셨어?'라며 못마땅한 표정을 지었다. 나는 이 이야기를 아내에게 차마 전할 수 없었다. 개를 한여름 별식거리로 생각하는 마을 사람들이었다.

개에 대한 지칭어에서 세태의 변화를 본다. 언젠가부터 애완견이라 불리더니 요즘은 반려견伴侶犬이라는 말도 자주 사용한다. 핵가족화시대, 고령화시대가 개의 지위를 올려놓은 것인가? '반려'라면 개념이 '애완'과는 차원이 다르다. 애완이 단순히 귀여워서 데리고 희롱하는 것이라면 반려는 교감하고, 위안을 주고받고, 일생을 동반한다는 개념이다.

최근에 〈동물농장〉이라는 TV 프로에서 소개한 지체장애 할머니와 어느 개의 이야기를 보고 감동한 적이 있다. 할머니는 매일 지하철을 타고 집 근방의 교회에서 봉사활동을 한다. 빈 유모차를 밀고 가는 지체장애 노인을 개가 지하철역까지 안내하듯 앞장선다. 역 근처의 자전거 보관소에 도착하면 할머니는 유모차를 보관소에 묶어 놓고 지하철을 타러 간다. 역 입구까지 할머니를 전송한 개는 유모차로 돌아와 할머니가 돌아오는 저녁까지 기다린다.

그 개는 할머니에겐 유일한 가족이었다. 할머니의 지인이 피부병에 걸린 개를 버리려 해 할머니가 데리고 왔단다. 독거의 할머니와 의지가지없는 개 사이에 정이 쌓여 갔음은 물론이다. 할머니는 오래 전부터 인근의 교회에서 봉사활동을 해왔다. 개에게 아침을 주고 집을 나서면 그 개는 하루 종일 울어댔다. 다가구주택에서 주민들의 항의를 이겨낼 수 없었던 할머니는 궁여지책으로 지하철 근방 자전거보관소에 유모차와 함께 개를 두고 교회에 갔다. 개도 좁은 다가구주택에서 외롭게 할머니를 기다리는 것보다는 거리에서 행인들을 바라보며 할머니를 기다리는 것을 좋아했고 언제부턴가 그 일이 일과가 되어 버렸다.

할머니와 개의 관계는 문자 그대로 '반려'다. 어느 누가 이들의 관계를 끊을 수 있을까? 그야말로 죽음만이 그들을 갈라놓을 수 있으리라. 이런 개에게 '개는 개지'라는 표현은 혹독하고 폭력적이기까지 하다.

최근에 옛날 사진첩을 정리하다가 빛바랜 한 장의 흑백사진에 시선이 멈췄다. 5~6학년쯤의 내가 발버둥치는 강아지를 안고 있었다. 입고 있는 옷이라든가 배경에서 50여 년 전의 궁색했지만 행복했던 과거를 떠올리게 했다.

'두꺼비'는 우리 오남매의 성장기에서 빼놓을 수 없는 개였다. 내가 3~4학년 때쯤 어머니가 옆집에서 젖도 떼기 전의 잡종견을 얻어 왔다. 웅크리고 앉아 있는 모습이 두꺼비 같다고 해서 이름을 '두꺼비'라고 지어줬다. 초롱초롱한 눈에 주둥이는 뭉툭했는데 발바리처럼 다리가 짧았다.

녀석은 커가면서 가족들의 사랑을 받는 방법을 나름대로 터득해 갔다. 쥐를 잡아서 마당 한가운데 물어다 놓아 칭찬 받기를 즐겨했고 열린 대문으로 몰래 들어와 대야를 훔쳐가는 좀도둑을 쫓아가 혼을 내주기도 했다. 가끔 와서 공부를 가르쳐주던 고등학생 형이 네까짓 놈이 빠르면 얼마나 빠르겠냐? 하며 같이 달리기를 하자 바짝 쫓아가 구두 뒤창을 물어 구멍을 내기도 했다. 녀석이 가족의 서열을 어떻게 알았는지 모르지만 순종에도 차별을 두었다. 아버지 다음엔 어머니였다. 우리 삼형제와는 같은 형제쯤으로, 누이동생들에겐 보호자처럼 행세했다. 우리 오남매는 '두꺼비'와 함께 성장기를 보냈다. 삼형제가 앞서거니 뒤서거니 군대에 갈 즈음에 '두꺼비'는 열서너 살이 넘어 노쇠했다.

공교롭게도 두꺼비는 내가 부대에서 휴가를 나온 날 죽었다. 귀찮아서 움직이려 하지 않는 녀석을 누군가가 억지로 산책을 시켜준다고 데리고 나갔는데 거리에서 쓰러졌다. 전화를 받고 뛰어나갔을 땐 이미 죽은 뒤였다. 나는 온기가 희미하게 남아 있는 두꺼비를 안고 집으로 돌아왔다. 누이동생들이 한참을 흐느꼈다. 인터넷이나 휴대폰이 없던 시절이어서 형들에겐 달리 연락할 방법이 없었다.

그날 밤 두꺼비를 묻고 와서 관제엽서에 사방 폭 2~3mm로 검정색을 칠해 신문에서 가끔 봤던 부고訃告 흉내를 냈다. 형들에게 보낼 것이었다. 세상에 부고를 낸 개는 두꺼비가 전무후무할 것이다. 아버지가 아시면 '무슨 쓸데없는 짓을 하는 거냐'고 호통을 치실 일이었지만 우리에게 두꺼비는 개가 아니었다. 이름을 쓰면서 나는 머뭇거렸다. 봉함편지도 아닌 개방된 엽서에 두꺼비라고 쓰면 보는 사람들이 어떻게 생각할 것인가? 두꺼비 섬蟾자에 우리 형제 돌림자를 붙여 김섬진金蟾鎭이라고 썼다. 죽어서야 사람대접을 받았지만 두꺼비가 영예롭게 생각할지는 모를 일이었다. 만들어 놓고 보니 그럴 듯했다. 형들이 받으면 두꺼비가 죽은 줄 알 것이었다.

놀라운 일이 엽서를 보낸 후 사나흘 만에 일어났다. 작은형이 3일간의 휴가를 받아 집에 온 것이다. 형의 부대 인사과에서 형에게 엽서를 전해주며 '누가 돌아가신 모양이네'라며 휴가증을 끊어주더란다. 설마 그것이 개라고 생각했으랴. 형이 죽은 두꺼비 덕에 휴가를 나온 것도 좋았지만 두꺼비가 죽을 때엔 사람대접을 받았다는 사실이 우리 가족을 기쁘게 했다. 형이 그랬다.

"그래, 그놈은 사람이나 진배없었어."

아버지에게 꾸지람을 듣고 마당에 나와 풀이 죽어 앉아 있으면 곁에 와서 위로하듯 핥아주던 두꺼비. 실의에 빠져 어떻게 살아야 할지 막막하던 때에 귀여운 모습으로 재롱을 부리며 미소를 짓게 해준 비실이. 내게는 반려자나 다름없던 개들이다.

지금도 산책을 하다가 개를 만나면 그냥 지나치지 못한다. 어떤 때는 쭈그리고 앉아 말도 걸어 본다.

말년에 시장골목에서 이웃과 주차시비나 벌이며 사느니 공기 맑은 시골에서 산책을 나서면 말없이 따르는 개와 다만 눈빛으로 교감하며 남은 생을 보내고 싶다. 개는 개일 뿐인 세상은 내게 너무 삭막하다.

마감은 없다

마감에 쫓기고 있다. 문학회지에 세 편의 작품을 내야 하는데 블로그에 저장해둔 미완성 작품들만 믿고 느긋했었다. 작년 말에 4집을 발간했으니 일 년 후에는 5집을 내는 것이 기정사실이었다. 반 년쯤 지난 2월 초에 편집책임자가 5집 발간 계획을 공지했다. 마감까지는 7개월이나 있었다. 시간날 때 블로그의 작품들 중에서 골라 퇴고하면 된다고 생각하며 여유를 부렸다. 마감을 상기시키는 공지는 거의 한 달 간격으로 떴다. 석 달쯤 남겼을 때 이제 슬슬 시작해볼까? 했다. 시간은 충분했다.

그런데 그 즈음 큰일을 맡게 되었다. P선생이 책을 내겠다며 원고를 한 뭉치 맡겼던 것이다. 500페이지가 넘을 분량의 원고였다. 두 일은 마감 시기가 엇비슷했으므로 우선 손대면 바로 끝낼 수 있는 문학회지 원고에 착수했다. 블로그에서 묵히고 있던 작품을 골라봤으나 마땅한 게 없었다. 차라리 새로 쓰는 게 나을 것 같았다. 이래저래 한 달이 지났다.

P선생이 자신의 책이 어떻게 진행되는지 궁금해 했다. 문학회지 원고를 뒤로 미루고 P선생 책에 착수했다. 그런데 이게 웬일인가? 원고를 보니 퇴고된 것이 아니었다. 그러고 보니 그분이 부탁을 할 때 '완전한 글이 아니니 손을 많이 보아야 할 것'이라고 한 말이 떠올랐다. 그 후로도 P선생은 간헐적으로 십여 편을 더 보냈다. 문학회지의 원고 마감은 보름을 앞두고 있었다. 이러다가 이번 문집에는 글을 싣지도 못하겠다는 불안감이 엄습했다. 새벽이고 밤이고 가리지 않고 하루 종일 그분의 원고 수정에 매달렸다.

머피의 법칙이라던가? 바쁠 때엔 이상하게 손님이 많다. 동창들이 점심 먹자며 몇 번씩 오는가 하면 동호회에서 내 사무실이 있는 곳으로 장소를 정해 번개모임을 만들었다. 만나고 싶은 사람들이어서 나가야 했다. 이래서 밀리고, 저래서 밀려 작업은 더디었다. P선생의 원고는 A4용지로 200페이지나 되는 큰 작업이었다. 거의 한 달을 매달려 가까스로 가편집본을 만들어 내고 나니 문학회지 마감이 일주일 남아 있었다. 이제 나의 작품을 쓰는 일만 남았다. 발등에 불이 떨어져야 일을 시작하던 어린 시절의 버릇은 바뀌지 않았나 보다.

마감이란 일을 마물러서 끝을 맺는다는 뜻인데 조금 구체적으로 설명하면 '미리 정해놓은 기한이나 수량에 차서 다루기를 끝마침. 또는 끝마치는 그때'라고 했다. 우리나라에선 그럴듯한 한자어가 있을 것 같은데 순 우리말인 '마감'을 쓰고 있고 중국에선 끊을 절截 자를 써서 지에 찍[截止]라는 단어를 많이 쓴다. 일본사람들은 맺을 체締 자를 써서 시메기리[締切]라고 한다. 나라마다 약간씩 뉘앙스가 다르다. 중국인은 잘라서 그치고, 일본사람들은 맺은 다음에 끊는다. 전자는 잘라버린 후엔 모르겠다는 뉘앙스가 풍기고, 후자는 매듭을 지은 후에 끝을 잘라버려서 완전무결하다는 느낌이 든다. 국민성의 차이를 군이 따지고 싶진 않지만 순 우리말의 '마감'이란 단어의 어감은 어쩐지 물러보이기도 하고 어물어물, 적당히 끝을 낸 것 같기도 하다.

무슨 마감이 되었든 마감을 하고 나면 개운하다. 퇴근이란 하루 일을 마감한 것이다. 그래서 퇴근길엔 기분이 좋아서 동료들과 포장마차에서 한 잔 한다. 사회 초년생일 때 전문지 기자를 했었다. 일주일에 두 번 신문을 냈으므로 기사 마감을 두 번 했다. 데스크에 마지막 기사를 내고 나면 날아갈 듯한 기분이다. 취재 나간다며 달려간 곳은 동료기자들이 먼저 와 있는 당구장이다. 편을 갈라 몇 게임을 치고 몰려가는 곳은 당연히 술집. 회사에선 알면서도 눈감아준다. 마감까지의 그 초조함, 치열함을 이해하기 때문일 것이다.

다음에 옮긴 회사는 영업을 하는 회사였다. 매월 말일에 판매나 수금을 얼마나 했는지 마감을 한다. 마감을 끝낸 영업사원들 역시 마감 뒤풀이를 한다. 과장이니 부장이니 하는 관리자들이 회식을 베풀어 부하들의 노고를 위로해주는 일은 공식적이고 정례화되어 있다. 마감 뒤풀이 형태는 조금씩 변해가긴 하겠지만 없어지진 않을 것이다. 그러고 보면 사람들은 어쩌면 일보다도 뒤풀이를 위해서 일을 하는지도 모르겠다.

평소에 꾸준히 일을 하던 사람보다 게으름을 피우던 사람은 마감이 다가오면 심리적 압박을 더 많이 받는다. 뭘 잘했다고. 그래서 마감이 없는 세상에서 살고 싶다고 엄살을 떨기도 한다. 그 스트레스를 견디지 못하는 사람은 직장을 옮기기도 하지만 그곳 역시 모양만 바뀌었지 마감이 도사리고 있다. 마감에 살고, 마감에 죽는 것이 직장인의 비애다.

그렇게 숱한 마감에 시달리다가 직장생활을 마감했다. 정년퇴직을 한 것이다. 말 그대로 시원섭섭했다. 더 이상 마감을 하지 않아도 좋으니 시원했고, 마감이 없으니 뒤풀이가 없어져서 섭섭했다.

그러나 웬걸. 직장을 그만두면 마감이 없을 줄 알았더니 아직도 마감할 것이 남아 있다. 가끔 써야 하는 원고는 차치하고라도 신세진 사람들에게 갚아야 할 물질적인 것과 마음의 빚이 있지 않은가? 아, 우선 당장 급한 마감이 있다. 아직 결혼하지 않은 자식들을 치워야 한다. 마감은 죽어서야 마감을 할 모양이지만 마감이 지겹다고 죽을 수는 없지 않은가? 개똥밭에 굴러도 이승이 좋다고 했다. 마감에 시달릴 때가 좋은 것이다. 피할 수 없으면 즐기라 했으니 어쩌겠는가 마감을 즐기며 살 밖에.

제3부
설마이즘과
귀차니즘

나는 한 달 전쯤 진도 6.3의 지진 때 부서진 크라이스트처치의 대성
당 사진을 떠올리며 반문했다. 당시 형이 홈페이지에 사진과 더불어
올린 글에는 형네 집도 가구들이 쓰러졌고 바로 옆집은 마당이 갈라
졌다고 했었다. 그러나 형은 태연했다.

"죽을 놈은 도망가도 죽고, 살 놈은 도망 안 가도 사는 벱이다."

재수 없는 날

그날은 아침부터 재수가 없었다.

일주일에 한 번씩 있는 한자지도사 강의가 있는 날이어서 녹번동 연수원으로 가는 길이었다. 공덕역에서 연수원이 있는 불광역까지는 6호선으로 열세 정거장, 시간으로 따지면 30분이 안 걸리는 거리인데, 이상하게 늘 멀게 느껴져서 넉넉잡고 한 시간 하고도 십 분 전엔 집에서 출발을 하는 게 버릇이 되었다.

그 시간엔 늘 자리가 있기 때문에 난 여느 때처럼 차에서 예습을 할 요량으로 책을 꺼내 들었다. 그리곤 책을 보기 시작했다. 그 사이에 내 옆 사람이 두어 번 바뀌는 것 같았는데 난 그날 따라 정차한 곳이 어느 역인지에 대해 전혀 신경을 쓰지 않고 있었다. 그만큼 열중했다는 얘기다. 혼자서 고개를 끄덕여가며 책을 보는데 잠시 고개를 들어 건너편 출입문 위에 디지털모니터를 보니 '불광'이라고 쓴 것이 사라져 가고 있었다.

'어? 많이 보던 역인데?' 하는 순간, 나는 '여기잖아!' 하면서 후다닥 뛰어내렸다.

휴우, 하마터면 지나칠 뻔했다. 그까짓 거 지나친다 해도 건너가서 한 정거장만 되돌아가면 그만인데 그래도 사람 맘이 어디 그런가? 개찰구 쪽으로 걸으면서 시계를 보니 시간은 여유가 있었다. 출구로 나와 건널목에 서서 조금 기다리니 파란 불이 들어왔다. 거기부터 연수원까지는 십 분쯤 걸리는 거리인데 그날 따라 이상하게 땅만 보고 걸었다. 별 생각도 아닌데 생각에 골몰하는 경우가 있지 않은가? 지금 생각하니 별 중요한 일이 아니었던지 기억나지 않는다.

맞은편에서 또각또각 하이힐 소리가 들려왔다. 굉장히 바쁘게 걷는 소리였다. 신호도 바로 바뀌었는데 좀 느긋이 걷지 뭐 저리 바쁘누? 나는 하염없이 쓸데없는 걸 생각하며 건너고 있었다. 그런데 바닥을 내려다보며 걷던 내 시야에 그 바쁜 하이힐의 뾰족한 앞부분이 잡히는 것이었다. 그 구두 끝은 내 쪽을 향해 있었다. '어? 저렇게 오다보면 나하고 부딪칠 텐데?'라고 생각하며 방향을 바꾸려는 순간, '어머나!' 하는 비명 소리가 들리며 어떤 물체와 부딪쳤다. 오른쪽 머리 위에서 어깨 쪽으로 뭔가 뜨거운 게 흘러내렸다. 커피였다. 커피는 어깨 밑, 상당 부분까지 적시고 있었다. 종이컵을 들고 있는 아가씨는 키가 꽤 컸다. 그녀는 어쩔 줄 몰라 하며 손수건으로 내 몸 여기저기를 황급히 닦아주었다. 그 일은 대단히 난감하면서도 귀찮았다.

"그냥 놔두고 가세요."

나는 코트 주머니를 뒤져 손수건을 찾으며 말했다. 사람들은 바쁘게 건너가면서도 흘끔흘끔 길 한가운데서 그러고 있는 우리를 보고 있었다. 녹색의 보행신호는 깜빡거리며 어서 건너가기를 재촉했다. 그녀는 나를 두고 가지도 못하고 쩔쩔맸다. 내가 먼저 건너 가버리면 끝날 일이었다. 나는 그녀에게 빨리 건너가라고 말하고 나대로의 길을 가기 시작했다. 아가씨는 됐다 싶었는지 뛰어서 건너 가 버렸다. 자전거를 타고 나와 같은 방향으로 가던 남자가 있었다. 그는 내 옆에서 천천히 페달을 밟아 따라오며 그랬다.

"그냥 보내주면 어떻게 해요?"

"그럼 데리고 살아요? 하하."

"세탁비라도 받으셔야죠."

"세탁비는 무슨. 저도 잘못한 걸요."

그는 기가 찬 듯 끌끌 혀를 차며 나를 앞서 건너갔다.

손수건으로 연신 여기저기 닦으며 십여 분 뒤에 연수원에 도착했고 바로 강의실에 들어섰다. 자리를 잡고 앉아 살펴보니 오른쪽이 아주 흠뻑 젖었다. 이날 따라 감색 정장에 감색 셔츠에 노란 정장용 넥타이를 매고 있었는데 넥타이에는 이미 얼룩이 졌다.

교수가 평소보다 일찍 들어왔다. 교수는 단상에 올라 좌중을 둘러보았다.

"지난 주에 자기 소개를 하고 회장을 뽑았어야 했는데 잊어버리고 그냥 지나쳤으니 오늘 수업 전에 그것부터 합시다."

그는 첫 강의 때 2~3주 얼굴들 좀 익히고 자기 소개 시간을 가진 다음, 회장을 뽑겠다고 했었다. 이런 데서 회장이라는 직함은 잔심부름꾼이다. 맡아 봐야 교수 심부름이나 하고 모임 같은 것 주도해야 하고 쓸데없는 전달사항 같은 것들 전해야 한다. 뻔하지 않은가. 초등학교가 아닌 다음에야 누가 하려고 하겠는가? 첫 강의날 회장 선출 계획을 들었을 때, 나는 내 옆에 앉은 40 중반의 강 모라는 사내를 점찍었다. 그는 친화력이 있어서 누구에게나 말을 잘 걸었다. 그에게 속삭였다.

"강형이 하면 되겠구먼, 선거는 무슨……."

그는 그저 웃기만 했다.

자기 소개가 진행되고 있었는데 참 재미없게들 하고 있었다. 처음에 나온 사람이 어디에 사는 누구라고만 하니까 두 번째 아줌마도 동네와 이름만 바꿔서 말했다. 적어도 1년은 함께 지내야 할 사이들인데 너무 성의가 없었다. 나는 세 번째로 단상으로 올라갔다. 모두 열 명, 40대가 세 명쯤, 50대가 서너 명, 그리고 60대인데 나보다 많아 보이는 사람도 한둘 있었다. 남녀 비중은 반반? 단상에 선 나는 호기심에 찬 동기생들의 표정을 보며 입을 열었다. 오늘 아침 이곳에 오다 역을 지나칠 뻔했던 이야기며, 횡단보도에서 커피세례를 받은 이야기를 했다. 그런 다음 이렇게 덧붙이고 단상에서 내려왔다.

"저는 이렇게 재수가 없는 사람이니 절대로 나 같은 사람을 뽑아서는 안 됩니다."

사람들이 키득거렸다. 열 사람 모두 소개가 끝나자 교수는 쪽지 두 장씩을 나누어주며 한 장에는 회장, 한 장에는 총무를 써서 내라고 했다. 투표가 끝나고 10분여 휴식시간이 있었다. 휴게실에서 커피를 마시고 강의실에 들어갔다. 내가 들어가자 두어 명이 박수를 쳤다. 칠판을 보니 '회장 김삼진', '총무 아무개', 이렇게 크게 쓰여 있었다. 나도 모르게 '어이쿠, 저게 뭐야' 하고 내뱉었다.

교수가 웃으며 말했다.

"재수 없는 분을 뽑으셨네요. 하하하. 자, 선출되신 회장하고 총무, 앞으로 나와 인사 말씀 한마디씩 하세요."

말을 많이 해서 좋은 일은 없다.

나는 스케이트 선수였다

나도 한때 스케이트 선수였다. 까맣게 잊고 있다가도 동계 올림픽 중계방송을 볼 때면 내가 과거에 합숙훈련까지 했었고 릴레이 경기에도 출전했던 스케이트 선수였음을 떠올리게 된다. 운동이라곤 전혀 어울릴 것 같지 않은 내가 선수였다니⋯⋯. 나를 아는 누구도 믿으려 하지 않을 것이다. 하지만 내가 선수였다는 것은 내 성씨가 김씨라는 사실처럼 부인할 수 없는 사실이다.

1968년의 겨울은 유달리 추웠다. 6주간의 기본 군사훈련과 4주간의 통신교육을 받은 뒤 강원도 홍천의 11사단 포병대대로 배속받았다. 칼바람을 맞으며 굳은 표정으로 동기 몇 명과 포대 정문을 들어선 기억이 아직도 생생하다. 침상에 나란히 앉아 겁먹은 표정으로 대기하고 있을 때 주번장교 완장을 찬 소위가 앞에 섰다. 그는 쉬어자세로 편히 앉으라고 하더니 묻기 시작했다.

"사회에서 스케이트 타봤던 사람, 손들어 봐."

모두 잠잠했다. 소위는 서류를 뒤적였다.

"김삼진이 누구야?"

"옛, 이병 김삼진."

그는 왜소한 체격의 나를 위아래로 훑어보았다.

"집이 서울이야?"

"넷, 서울입니다."

"대학을 다녔구만."

"넷."

"근데 스케이트를 안 탔어?"

"타긴 조금 탔습니다."

소위의 갑작스러운 질문에 뭔가 '나쁘지는 않은 일'이라고 직감했다.

초등학교 때 외갓집이 있던 화양리에는 그때만 해도 논이 있었고 논바닥은 겨울철이면 동네 아이들에겐 좋은 놀이터가 되었다. 썰매도 지치고 스케이트도 타곤 했다. 그 논바닥에서 중고 스케이트 하나를 가지고 삼형제가 돌아가면서 타던 기억을 떠올리며 한 대답이었지만 사실 그 정도를 가지고 '탔다'고 해서는 안 되는 일이었다. 삼형제가 같이 탔으니 어디 막내인 내게 차례가 오겠는가. 형 둘이 번갈아 타다가 지쳐서야 내게 스케이트를 벗어줬고 그땐 이미 날이 어둑해진 뒤였다. 헐렁헐렁한 스케이트를 신고 뒤뚱거리며 탈 만하면 형들이 집에 가자고 닦달했다. 그 이후에는 스케이트를 탔던 기억이 없다.

소위는 눈을 번쩍이며 다시 물었다. 그에게 사단 대항 스케이트 대회에 출전할 선수를 차출할 중차대한 임무가 맡겨져 있다는 것은 나중에 안 일이다.

"얼마나 탔어?"

이미 거짓말을 한 몸. 더한 거짓말은 못할까?

"삼사 년은 탄 것 같습니다!"

"최근에도 탔어?"

이미 시위를 떠난 화살. 그를 실망시킬 수는 없었다. 나중에 어떻게 되더라도 집에 갈 수만 있다면 무슨 거짓말이라고 못할까 하는 생각뿐이었다.

"넷! 탔습니다!"

나는 깡으로 악으로 소릴 질렀다.

그는 마지막으로 확인하듯 질문을 날렸다.

"그럼 스케이트도 있겠네?"

"넷! 있습니다."

소위는 당장에 행정실로 데리고 가서 사흘짜리 휴가증을 끊어줬다.

집에선 예기치 않던 나의 휴가를 대환영해 주었음은 물론이고 나는 내리 이틀을 친구들을 만나 먹고 마셨다. 어머니는 귀대 하루 전날, 날 데리고 나가 중고 스케이트를 사주셨다. 귀대 후 나는 바로 선수단에 합류했다. 첫날 소위는 내가 타는, 엎어지고 자빠지는 모습을 지켜보며 한숨을 푹푹 쉬었다. 그러더니 군수과의 선임하사를 나의 전담 코치로 붙였다. '책임지고 선수로 만들라'는 명령과 함께.

특명을 받은 선임하사의 훈련 방법은 딴 게 없었다. 기본만 가르쳐주고 나서는 무조건 몽둥이를 들고 뒤를 쫓아다니며 후려팼다. 한겨울에 그 몽둥이 한 번 제대로 맞으면 며칠은 고생해야 했다. 나는 폼이고 뭐고 따질 틈도 없이 오로지 맞지 않기 위해 무조건 도망가야 했다. 그 선임하사도 나 때문에 고생을 했다. 안 쫓아오는 것 같다는 생각이 들어 뒤를 돌아보면 그는 얼음판에 주저앉아 숨을 몰아쉬며 '계속해, 계속해'라고 소릴 질러댔다. 보름 이상 얼음판에서 도망 다니다 보니 폼은 개판이지만 제법 속도가 붙었던지 쫓아오기 어려웠던 모양이다.

선수단 감독인 소위는 훈련기간 중 선수들을 지켜보며 출전할 종목을 정해줬는데 처치곤란이던 나는 대회 삼 일을 앞두고서야 완전군장 단체경기 선수에 끼어줬다. 빈약한 내가 완전군장이라니!

나는 당연히 꼴찌였고 결국 팀도 꼴찌였다. 종합 성적은 3등에도 들지 못했다. 이듬해 겨울이 돌아왔지만 나는 다시 차출되지 않았다.

그로부터 40년 가까이 지났지만 동계 올림픽이 돌아와 쇼트트랙 중계라도 보는 날이면 꼭 한마디 해야 직성이 풀린다.

"코너링에서 순위가 많이 뒤집히지. 저때가 찬스거든. 나도 왕년에 스케이트 선수였다구."

설마이즘과 귀차니즘

아버지의 95세 생신을 사흘 당겨
서 일요일에 했다. 식사를 마치고 행주질을 끝내자 조카들이 제법 큰 케
이크를 상 위에 놓았다. 우리는 박수를 치며 '해피버스데이투유'를 불렀
다. 아버지가 옆의 어머니께 물으셨다.

"승진이가 안 보여."

"뉴질랜드에 있는 애가 여길 어떻게 오우?"

어머니의 대꾸에 아버지가 겸연쩍어 하시자 우리는 형에게 전화를
해서 아버지를 바꿔드리기로 했다.

지금 형은 전화를 할 계제가 못되는지도 모른다. 한 달 전쯤에 형이
사는 크라이스트처치에서 진도 6.3짜리 지진이 있었고 그 일이 가라앉

을 만하니까 일본에서 엄청난 쓰나미가 도호쿠 연안을 쓸어 버렸다. 1만5천여 명이 사망한 대재앙이었다. 그리고 바로 오늘 일본이 속한 환태평양지진대에 있는 뉴질랜드에 여진餘震이 있을 것이라는 예보가 있었던 것이다.

인숙이가 전화를 해서 아버지를 바꾸어 드렸다. 아버지가 몇 마디하고 수화기를 넘기자 식구들이 돌아가며 한마디씩 했다. 내 차례가 되자 수화기를 받아들고 서재로 들어갔다. 아버지가 뉴질랜드의 지진 소식을 아시게 되면 걱정을 하실 것이다.

"나야 형, 지진은 지나간 거야? 뉴스에서는 오늘쯤 여진이 있을 거라던데."

"야, 나 지금 술 마시고 있다. 이웃 사람들은 여진 때문에 다 도망갔어. 지금 빈 동네야."

"뭐야? 근데 어쩌자구 피하지 않고 술을 마시구 있어?"

나는 한 달 전쯤 진도 6.3의 지진 때 부서진 크라이스트처치의 대성당 사진을 떠올리며 반문했다. 당시 형이 홈페이지에 사진과 더불어 올린 글에는 형네 집도 가구들이 쓰러졌고 바로 옆집은 마당이 갈라졌다고 했었다. 그러나 형은 태연했다.

"죽을 놈은 도망가도 죽고, 살 놈은 도망 안 가도 사는 벱이다."

형 고집을 아는 데다 그런 이야기는 여동생들이 알아서 극성을 부릴 것이었으므로 통화를 기다리고 있는 막내를 불러 넘겨줬다. 동생은 지금이라도 빨리 차를 끌고 나가라고 난리를 쳐댔다.

적어도 형은 스스로가 천재지변의 속죄양이라는 생각을 할 사람이 아니다. 그렇게 생각했다면 술을 마시며 지진을 기다렸을까?

다음날 아침 매스컴은 조용했다. 형의 홈페이지를 방문해 봤더니 역시 잠잠했다. 그냥 무사히 지나갔나 보다 하는 생각이 들어서 홈페이지에 한 줄 남겼다.

〈그냥 잘 지나갔나 보우. 암, 그래야지. 암튼 다행이우.〉

몇 시간 후, 다시 들어가 보니 내가 올린 글 밑에 형의 댓글이 올라 있었다.

〈하모. 일요일 밤 9시 47분에 진도 5.1짜리로 잠깐 겁만 주고 끝났어. 어차피 유언비어 아니겠나. 그래도 6만 명이나 일시 대피 삼아 여기를 떠났다는구먼. 여진의 공포를 경험해본 사람이라면 그 사람들한테 뭐라고 말 못한다. 여진에는 여러 가지가 있지만 저 바닥 깊숙한 곳에서 무슨 거대한 괴물이 나지막하게 으르렁거리는 듯한 소리가 가장 두렵고 먼 데서 쏘는 포성 같은 것도 기분 되게 나쁘다. 아무튼 이런 식으로 공포가 쌓이다 보면 지진에 관한 무슨 허무맹랑한 얘기도 그럴듯하게 느끼게 되기 쉽지. 문제는 지진이 과연 언제 끝날 것인지 인간이 판단할 사안이 아니라는 거지. 어쩌겠냐. 그저 기다려야지. (2011.03.21 17:44)〉

그 댓글을 보며 가만 생각해보니 명색이 과학자인 형을 이해하기 어려웠다. 크라이스트처치 지진 이후 한 달도 안 돼 일본이 진도 9짜리에 발칵 뒤집혀 그 참상이 전 세계에 중계되고 있는 판에 저런 여유를 부리고 있다는 것이. 그래서 다시 홈피를 찾아가 몇 줄 남겼다.

〈거 참 궁금하단 말야. 남들 다 도망가는데 형 혼자서 술을 홀짝거리며 마시는 모습을 상상해보니 문득 궁금해지는 거야. 뭔 일 있우? 형수하고 대판 싸웠다든지. 노한 자연 앞에 희생양? 그래서 위기에 봉착한 인류를 구해보시겠다? 형은 그런 과가 아니잖우. 형이 무슨 지저스크라이스트라구. 크라이스트처치에 산다고 다 크리스천이 되는 건 아니지. 그리고 늙다리 형은 희생양이 될 자격도 없어. 대개 예쁜 처녀를 뽑던데. 설마, 진짜 지진이 나겠냐고? 설마가 사람 잡지 않나? 도대체 뭐냐 말이지. 거 참 궁금하단 말야.〉

형은 네 시간쯤 후에 댓글을 달았다.

〈뭐가 인마. 설마이즘과 귀차니즘이 복합적으로 작용한 걸로 보면 돼. 그보다도 더 높이 평가(물론 아전인수적 관점으로 볼 때) 할 만한 것으로는 나의 과학적, 통계적 확신이랄까. 첫째, 현대과학이 제 아무리 발달했다 해도 지진을 예보할 만한 수준에까지 이르지는 못했다는 것. 국민을 책임지는 권위 있는 기관에서 지진 예보하는 거 봤냐? 기껏해야 지진이 끝난 다음에야 쓰나미가 올지 모르니 조심하라는 정도? 그 잘나빠진 일기예보 한 번 변변히 맞는 거 봤니?

둘째, 예언 쪽으로 가보면 이건 얘깃거리도 되지 않는다. 솔직히 우리가 이런 예언 한두 번 겪어 보냐? 그 동안 살면서 지구 멸망만 너댓 번 겪었지 아마. 슈퍼문재앙설이니 태양흑점폭발이니 다 좋아. 근데 그게 무슨 계산으로 크라이스트처치냐구. 모르긴 해도 만 미터 밖의 오백 원짜리 동전 안에 있는 학의 발톱을 맞출 거라는 것보다 더 허무맹랑한 얘기 아니냐.

단, 화산 폭발이라면 얘기가 다르지. 화산처럼 며칠 아니면 몇 주 안에 분화가 확실한 전조가 있는데 술 마셔가며 여유부리는 거야 더 살기 싫은 사람이나 할 짓이지. (2011.03.22 12:13)〉

나는 더 이상 댓글을 달지 않았다. 형이 살아 있으면 됐다.

나들이는 아무나 하나

여섯 시간의 자유를 선물로 받았다.

부모님을 모시고자 하남에 온 지 넉 달째. 좀처럼 내 시간을 갖지 못하고 있는 내게 여동생이 잠시 부모님을 돌봐드릴 터이니 바람을 쐬고 오라고 했다. 점심 전에 왔다가 저녁까지 차려드리고 가겠다고 했다. 여섯 시간 가량의 자유시간이 주어진 것이다.

횡재라도 한 기분이었다. 여섯 시간이라면 참으로 많은 일들을 할 수 있을 것 같았다. 친구를 만나 점심을 같이 하고 함께 서점을 서성일 것이다. 다리가 아플 즈음엔 커피숍으로 가서 음악을 들으며 밀린 이야기를 나눌 것이다. 친구와 헤어지면 눈에 띄는 전시장에 들러 그림이며 사진을 감상할 수도 있을 것이고 그러고도 시간이 남으면 가까운 고궁을 찾아 요즘 찍지 못한 사진을 찍을 수도 있다. 갑자기 마음이 바빠져서 카메라 가방을 챙기고 입을 옷을 골랐다.

　몇몇에게 연락을 했다. 한 친구는 시간을 내기가 어렵다고 하고 한 친구는 아파서 병원에 가는 길이라고 했다. 들떴던 마음이 축 처지면서 나의 시간은 헐렁해졌다. 머리가 텅 비어버렸다. 챙기던 카메라 가방의 지퍼만 만지작거리며 무심히 창밖을 내다보았다. 하늘은 푸르고 나뭇잎엔 한껏 고운 물이 들어 있었다. 그때 한 줄기 바람이 불었나 보다. 베란다 밖에 서 있는 느티나무가 몸을 부르르 떨며 갈색 잎을 털어냈다. 문득 여유당與猶堂이 떠올랐다. 그래, 왜 여유당을 생각하지 못했을까.

　어느 수필가의 작품을 보고 두물머리 근방에 있다는 다산의 생가, 여유당을 가봐야겠다고 생각한 것은 작년부터다. 나는 서둘러 카메라 가방을 챙겨서 집을 나섰다. '고즈넉하다'는 순 우리말을 좋아한다. 그 말은 가을과 금슬이 좋다. 여유당에 가보고 싶어 했던 이유도 그 수필에 나온 '문을 열고 들어가면 고즈넉이 들어앉은 다산의 생가'라는 문장 때문이었던 것으로 기억한다. '적적寂寂하다'는 한자어도 있지만 그보다는 '고즈넉하다'는 우리말이 정서적으로 잘 부합되는 것 같다. 그렇다, 고즈넉이 들어앉아 있는 다산의 생가를 보러 가자.

　집을 나선 지 두 시간 반 만에 다산기념관에 도착했다. 버스에서 내려 기념관 건너편에 있는 주차장을 바라보니 단체관광을 왔는지 대형 버스 대여섯 대가 서 있고 승용차도 여러 대 주차되어 있었다. 그리고 학생들이 여기저기 삼삼오오 모여서 찧고 까불고 있었다. 댓 명이 나란히 고개를 숙이고 앉아 있어 뭘 하나 했더니 각각 핸드폰으로 게임을 하고 있었다. 요즘 아무 데서나 볼 수 있는 풍경이다. 야외수업을 나왔나 보다. 어디선가 까르르 웃는 소리가 들렸다. 후다닥 한 학생이 튀어 나갔다. 비명을 지르며 여학생이 뒤를 쫓았다. 남학생이 여학생의 뭔가를 채어간 모양이다. 인솔교사가 그 쪽에다 대고 소리소리 질렀다.

'가던 날이 장날이라더니……'

혀를 끌끌 차며 입구로 들어갔다. 짜증스러운 모습으로 여유당이 쭈그리고 있었다. 여유당與猶堂은 여유餘裕가 없어 보였다. 당호 현판을 찍고 뒤로 물러나며 생가 전면을 찍으려는데 유치원 아이들이 가로걸렸다. 포기를 하고 생가 뒤 유택 쪽으로 올라갔다. 내려다보고 찍으면 그럴듯할 것 같았다. 그때 눈에 뭔가 띄었다.

〈사진촬영금지〉.

'아니 왜? 찍으면 집이 닳아빠지기라도 한단 말인가, 아프리카 어느 부족처럼 혼이라도 빠져나간단 말인가.'

기분이 상해서 내려올까 하다가 유택까지 올라갔다. 그곳에서는 두물머리를 볼 수 있을까 했지만 소나무가 요리조리 가리고 있었다. 생가 터에서 나오니 건너편 거중기擧重機 앞에서 보육교사가 여남은 유치원 아이들에게 설명을 하고 있었다.

"이 집에 살던 아저씨가 발명한 거중기라는 거예요. 여러분 크레인 알지요? 무거운 거 나르는. 이게 옛날 크레인이에요."

'맞긴 하다만……, 쯧쯧.'

다산문화관을 들어올 때 본, 완만하게 꼬부라진 이차선 도로는 은행나무 가로수가 볼 만했었다. 그 풍경으로라도 보상받을 수 있으려나 해서 걸어 나가기로 했다. 은행잎이 덮인 길을 찍으며 가는데 뒤에서 학생들 떠드는 소리가 들렸다. 여학생 하나가 후다닥 내 앞을 지나 뛰고 그 뒤를 남학생이 쫓았다. 웃음소리는 점점 가까워 왔다.

아이들은 끊임없이 까르르거리며, 떠들며 내 곁을 지나갔다. 틀렸다 싶어서 카메라를 가방에 넣으려다가 말았다. 사람도 자연의 한 부분인데 찍힌들 어떠랴 싶었던 것이다. 소재는 갑자기 튀어 나오는 법이다.

수북이 쌓인 은행잎이 볼 만했다. 저만치 은행나무 아래에 낡은 나무 의자 하나가 노란 잎을 뒤집어쓰고 동그마니 놓여 있었다. 그것을 찍어 보려고 이리저리 구도를 잡아보고 있는데 여학생 둘이 오순도순 이야기를 나누며 지나갔다. 5미터 쯤 전방에서 쪼그리고 앉아 아래에서부터 의자를 올려 겨누고 여학생들이 사라지기를 기다렸다. 찍으려는 순간 모니터엔 사람이 또 하나 나타났다. 남자 같았다. 그는 지나가지를 않고 모니터에 머물러 있었다. 엉거주춤 옆을 보았다. 아까 기념관 앞에서 소리소리 지르던 인솔교사였다. 그는 잔뜩 의심이 묻은 표정으로 나를 노려보고 있었다.

고기도 먹어본 놈이 잘 먹는다고 나들이도 다녀본 놈이 잘 다니는가 보다.

쪽문으로 사라진 편지

부모님 댁에 가면 뉴질랜드 형으로부터 온 편지를 찾는다. 형은 이민을 간 이후에 한 달에 두 번 꼴로 손으로 쓴 편지에 우표를 붙여서 보내왔었다. 낯익은 필체의 서너 장, 어떤 때는 두어 장의 편지를 읽는 일은 부모님 댁을 찾는 또 하나의 즐거움이었다. 얼마 전부터는 형이 이메일을 사용할 줄 알게 되어 부모님께 보내는 편지를 큰형에게 이메일로 보냈고 큰형은 그 이메일을 프린터로 뽑아서 부모님께 전달해 드렸다. 손으로 쓴 편지를 볼 수 있는 것도 이제는 끝난 것 같아 서운했다.

젊은 시절에 연애를 할 때 밤새워 편지를 썼었다. 정성껏 쓴 편지를 읽어보고 고치고, 다시 쓰고, 접어서 봉투에 넣고, 겉봉을 정성껏 쓰고 우표에 침을 발라 붙이고 나면 그걸 가지고 우체통까지 걸어가서 넣었다. 그 일련의 과정 자체가 즐거움이었다. 그래서 글씨를 잘 쓰려고 연습도 많이 했고 글씨를 잘 쓰는 사람을 부러워했던 시절도 있었다. 편지를 부친 지 닷새쯤 지나면 대문 편지함을 수시로 열어보았다. 부친 날짜를 떠올려 손가락으로 헤아려보며 올 때가 되었는데, 되었는데, 하면서 말이다. 그래서 답장이 오면 그 희열은 또 어떠했는가. 소식의 실체를 손으로 만져보는 그 기쁨을 요즘 신세대들은 아는지. 읽어보고 또 읽어보고 하도 읽어서 손때, 눈때가 묻은 그 편지를 아예 품에 넣고 다니기까지 했다. 마치 그 편지가 사랑하는 여인이라도 되듯이.

이제 그 실체는 없어졌다. 이동통신, 인터넷이라는 문명의 이기 뒤로 모습을 감추어버린 것이다. 이삼 일 걸리던 편지는 즉시성과 편리성을 앞세운 전자우편에 자리를 내어줄 수밖에 없었고 다만 증거로서 필요한 우편물, 즉 세금고지서, 카드대금이나 교통법규위반 통지서, 전화요금 청구서, 청첩장 등만 우편함을 메우고 있다. 활자화된 그들은 돈을 달라는 내용만 전할 뿐이니 반갑기는커녕 '이게 또 뭐지?' 하며 눈살부터 찌푸리게 하기 일쑤다.

편지는 이제 '쪽문'으로 사라진 것이다. 아니, '쪽문'에 밀린 것이다. 인터넷의 쪽지, 핸드폰의 문자에서 앞 글자를 따면 '쪽문'이다. 한때 커뮤니케이션의 총아(?)였던 이메일, 그도 이젠 한물갔다. 쪽지나 문자 등 쌍방 커뮤니케이션의 수단이 끝을 모르게 발전하면서 이메일도 뒤로 밀리고 있는 추세다. 자신의 정감어린 마음을 애틋하게 꼭꼭 눌러 써서 보내던 시기는 이미 지났다. 다정한 마음은 예쁘게 쓰고, 정중한 마음은 반듯하게 정자로 쓰고, 화가 난 마음은 굵고 크게 휘갈겨 써서 심정을 표현할 수 있었다.

개인 홈페이지나 블로그, 카페도 편지를 없애는 데 큰 역할을 했다. 안부를 주고받는 수단이 더욱 다양하고, 빠르고, 편리해진 것은 사실이지만 어쩐지 미진하다.

우리는 '용건만 얘기해' 시대에 살고 있다. 삭막한 세상이다. 하지만 적응하지 않으면 불편함을 감수할 수밖에 없다. 아무리 급격하게 변화를 해간다고 해도 어떤 때에는 '이건 좀 너무해'라는 생각이 들 때가 있다.

강단을 떠난 지 삼 년쯤 되었다. 지난 스승의 날, 제자들로부터 안부 문자를 세 개인가 받은 적이 있다. 정중하고 예의를 갖추어야 할 감사의 뜻이 문자를 통해서 온다. 그나마도 고마운 일이다. 안 보내도 할 수 없는 일 아닌가? 스승에 대한 감사의 뜻뿐인가? 청첩이며 부고도 모두 문자로 보낸다.

꽃무늬의 고운 편지지에 만년필로 써내려간 편지를 받아보는 일은 앞으로 꿈도 꾸어보기 어려워진 세상이다.

프로킴

회사생활을 할 때다. 6개월여쯤 앞으로 다가온 창사 기념행사 2부의 기획과 연출을 맡은 적이 있다. 소관업무가 아니었으나 사장의 특명이었다. 의전과 절차가 중시되는 1부의 기념식이야 총무부에서 맡으면 되는 일이지만 영업부나 방문판매원들의 사기진작과 단합을 위한 2부 여흥 프로는 잘하면 본전, 못하면 깨지기 일쑤여서 대부분 맡기를 꺼려했다. 회사의 업무 분장 규정으로 따지면 영업본부에서 맡아야 할 일이었으나, 본부의 P과장이 업무량이 많다며 전문업체에 용역을 맡기자는 건의를 했다는 소문이 돌았다. P과장이 그 일을 어떻게든 맡지 않을 것이란 것을 짐작하고 있었다. 그는 생색이 나지 않고 손해볼 일은 절대로 맡을 위인이 아니었다.

어쩌면 그 일이 내게 올지 모른다고 짐작을 했던 것은 몇 달 전 새 브랜드 출시 기념행사를 대과 없이 치렀기 때문일 것이다. 그 일로 사장이 회장에게 칭찬을 받았다고 했다.

이런 행사는 맡기는 싫어하면서 콩 놔라 팥 놔라 참견하는 사람이 많은 법이다. 이 사람이 끼어들고 저 사람이 거들면 시간만 까먹고 엉뚱한 방향으로 흘러가는 경향이 있었다. 기안서는 두어 번의 수정을 거쳐 결재가 났다. 이젠 시행 세부계획을 짜서 진행시켜 나갈 일만 남았다.

유명 MC를 세우면 좋기는 한데 예산 비중이 커서 밤무대를 뛰는 MC를 섭외했다. 행사 진행을 위해 몇 번 만나보니 유머나 재치가 여간 아니어서 방문판매 아주머니들 삼천여 명을 쥐락펴락할 만했다. MC 개런티를 절약하는 대신 초청가수의 레벨을 높여 전년도 10대 가수에 선발된 세 명을 섭외했다. 대략 그림이 그려져 가는데 문제는 오프닝이었다. 성공적으로 오프닝을 하면 행사 전반에 대한 기대감이 높아져 웬만한 하자瑕疵는 감추어진다는 것을 경험으로 알고 있었다. 그 고민은 의외로 가볍게 해결되었다. 퇴근 후 시장조사차 행사진행요원들과 이태원에 있는 대형 클럽에 갔다. 거기서 쇼를 보다가 무릎을 쳤다.

'바로 저거야!'

지루하던 1부 기념식이 끝났다. 진행팀의 C계장이 10분간의 휴식을 알리고 있었다. 나는 긴장하여 시계를 들여다봤다. 드디어 분침이 30분을 가리켰다. 바로 무전기를 들어 L계장에게 장내를 정리하라고 통보

한 후 방송실을 호출했다.

"방송실, 방송실 여기는 본부. 장내 소등하고 무대 조명 페이드아웃."

웅성웅성하던 장내의 소음이 무대 조명이 페이드아웃 되듯이 조용해지고 있었다. 나는 바로 방송실에 큐 사인을 넣었다. 멀리서 들릴 듯 말듯 볼레로가 다가오고 있었다. 볼레로가 어느 만치 가까이 왔을 때 조명기사에게 핀 라이트 큐 사인을 넣었다. 방송실 우측과 좌측에서 쏜 핀라이트가 X자로 교차하자 무대 정중앙 바닥에 라이트 존이 생겼다. 암흑 속에 있던 관객들은 비로소 빨간 타이츠와 검정 타이츠의 댄서 둘을 발견할 것이다. 그리고 빨간 타이츠의 댄서는 검정색 비키니를, 검정색 타이츠의 댄서는 빨간 비키니를 입고 있는 것을 발견하게 될 것이다. 둘은 볼레로에 맞추어 관능적으로 흐느적거릴 테고 관객들은 그것이 레즈비언의 몸짓을 흉내내고 있음을 알게 될 것이다.

볼레로가 절정을 치닫고 있을 때 VIP 안내조장을 맡은 K계장이 왔다. VIP들의 착석이 끝나면 내게로 와서 돕게 되어 있었다. 그는 멀리서부터 나를 향해 엄지를 불쑥 내밀며 걸어왔다.

"끝내 줍니다. 어디서 그런 애들을 불러왔어요?"

"ㅋㅋㅋ 내가 기어코 사고를 친 거 맞지?"

"사고라니요. 모두들 숨도 안 쉬고 푹 빠져 있기만 한데."

볼레로가 한껏 커졌다가 사그라지고 있었다. 저쪽에 MC가 담배를 밭게 빨아대며 큐시트를 들여다보고 있었다. 무대에 나갈 차례가 되니 초조한가 보다. 발자국 소리가 어지럽더니 영업본부 P과장이 바로 내게로 성큼성큼 왔다.

"김과장 이거 사장님이 아시는 거요?"

"아뇨. 이런 것까지 어떻게 일일이 보고해요?"

"아니 어쩌려고 이렇게 야한 쇼를……, 회장님도 와 계신데……."

"아줌마들이 언제 이런 쇼를 보겠어요. 이건 회장님 보라는 쇼가 아니에요. 아줌마들 위안잔치 아닙니까."

그는 아주 못마땅한 표정으로 되돌아갔다.

행사는 끝났다. 행사가 끝난 체육관은 썰렁했다. 객석마다 쓰레기가 뒹굴었다. 여섯 달을 준비한 행사가 단 세 시간 만에 끝나버리니 허전했다. 술이나 마음껏 마셨으면 좋겠다고 생각했다. 오프닝에 대한 반응은 대체로 좋았지만 P과장 같은 이들도 몇 있었다. 그러나 그들도 높은 분들이 어떻게 생각하겠느냐는 걱정이지 쇼 그 자체는 좋은 구경거리였다는 것을 인정할 것이다. 끝나서 시원하긴 한데 막상 회사로 돌아가려니 오프닝쇼 때문에 P과장이 한 말이 생각나 켕기기도 했다.

대부분 행사 현장에서 퇴근을 했는지 사무실은 횅했다. 아무것도 하고 싶지 않아 멍청하게 내 자리에 앉아 있는데 전화가 걸려왔다. 사장이 찾는다는 비서실의 전갈이었다.

'역시?'

노크를 하고 들어가니 사장이 몸을 뒤로 젖힌 채로 편하게 앉아 있었다. 바짝 긴장한 채 사장을 건너다보았다. 사장이 희미하게 웃으며 책상 위의 봉투를 집어서 내게 불쑥 내밀었다.

"수고했어. 모두들 생각도 못한 일을 자네가 해낸 거야. 이제부터 자네 '프로킴'이라 불러야겠어."

얼굴이 화끈거리면서 뒷덜미에 커다란 수소풍선을 매달아 놓은 것처럼 내 기분은 높이 떠올랐다. 몇 년 묵은 스트레스까지 한 방에 날아가 버리는 순간이었다.

쇼핑 따라다니기

조간에 끼여 들어온 L마트의 특별할인 대매출 전단지를 아내의 머리맡에 놓아두고 내 방에 들어와 신문을 읽는다. 아내는 신문이 오면 제일 먼저 보는 게 할인매장의 전단지다. 전단지를 살필 때마다 한 손에는 아예 사인펜을 들고 있다. 오늘 사야 할 특가 세일품을 표시하기 위해서다. 다행히도 이런 일이 자주 있지는 않다. 다만 나는 저렇게 사인펜을 들고 표시를 하는 날이면 곧 호출이 있을 것이라는 걸 안다. 아니나 다를까 모두 체크가 끝났는지 거실에서 아내가 나를 부른다.

"L마트에 함께 안 갈래요?"

이건이 있을 수 없다. 무슨 수를 써서라도 나를 데리고 갈 것이기 때문이다. 나는 아내와 함께 집에서 십 분 거리에 있는 L마트로 간다. 아내는 도착하자마자 백 원짜리 동전을 넣고 카트를 빼내어 내게 준다. 우선 유제품 코너를 찾아서 전단지에 나와 있는 가격과 비교를 한다. 드디어 아내는 안쪽에 진열돼 있는 우유를 끄집어내 뭔가를 자세히 살펴본다. 유통기한을 확인하려는 것이다. 행위가 진지하다. 그 바람에 가지런히 정리되었던 우유들이 뒤죽박죽이 되어버린다. 고심 끝에 하나를 골라서 내게 내밀면 나는 조심스레 받아 카트 안에 넣는다.

아차 하는 순간에 아내가 안 보인다. 내 눈은 아내가 갈 법한 코스를 재빠르게 뒤진다. 얼른 따라간다. 아내는 쇼핑을 오면 마치 물속에 풀어 놓은 한 마리의 날렵한 물고기 같다. 유영하듯 꼬리를 흔들며 여기저기 인파를 헤치고 다닌다. 한 번은 아내를 찾다가 지쳐서 카트 손잡이에 손을 얹어놓고 그 자리에 가만히 서 있었다. 결국 아내가 나를 찾아왔다. 날더러 왜 그리 굼뜨냐며 야단을 쳤다. 약이 올라 가끔 뒤도 돌아보며 나를 확인해보라고 불평을 했지만 들은 척도 안 하고 또 다시 어디론가 사라져 버렸다.

앗, 무가 싼 모양이다. 산더미처럼 쌓여 있는 무 앞에서 아내는 여러 아주머니들과 좋은 무를 고르느라 실랑이를 벌이고 있다. 자기 넓적다리만 한 무를 골라서 내게 내민다. 받아서 카트에 담고 아내가 하는 양을 지켜본다. 저쪽에서 커다란 카트에 가득 실린 무가 이쪽으로 오고 있다.

"비켜주세요, 비켜주세요. 무 나갑니다."

아내가 그 쪽을 보더니 급기야 카트에 담았던 무들을 다시 꺼내달라고 한다.

"왜 그래? 다들 크고 괜찮은데."

새 무가 오니 다시 고르겠다는 것이다.

아내는 모르는 모양이다. 그렇게 뒤져 고른 무 역시 다른 여자들이 고르는 바람에 위에서 밑으로 자리가 바뀐 사실을, 밑엣 것이 무조건 손을 덜 탔으리라고 여기는 모양인데 저기 지금 나오는 무도 사실은 어제 창고로 들어간 것을 다시 끄집어내어 새 것처럼 보이게 한다는 사실을. 새 무가 판매대에 부려지자 주변에 아줌마들이 다시 벌떼처럼 달려든다. 때 아닌 김장이라도 하려는지 아내는 세 개, 네 개 마구 내게 건넨다.

"젠장, 아까 그 무보다 좋을 것도 없구만."

나는 아내가 들을세라 작은 소리로 구시렁댄다. 아내가 나를 노려본다. 나는 다른 쪽을 보는 척한다.

카트에 실린 무를 아내가 만족한 듯 손가락으로 짚어 세어 보는 사이 나는 잠시 한눈을 판다. 다시 고개를 돌려보니 그 사이에 아내는 또 어디론가 사라졌다. 내 눈은 다시 바빠진다. 저쪽 과일 코너에 아내의 지느러미가 보인다. 카트를 돌려 그 쪽으로 서둘러 따라간다. 돼지불고기 시식 코너다. 이쑤시개로 한 점을 찍어 내게 준다. 나는 도리질을 한다. 사지도 않을 것을 두 번 세 번 맛을 본다는 것은 점잖지 않은 일이다. 아내는 눈과 입 모양으로 나를 압박한다. 할 수 없이 받아먹는다.

"아이스크림 좀 사가자."

내가 말했지만 아내는 들은 척도 않는다. 아이스크림은 계획에 없었나 보다. 과일 코너를 지나간다.

"방울토마토 안 살래?"

묵묵부답이다.

"포도 좀 사갈까?"

이번에도 못 들은 척한다.

잠시 후 아내는 시무룩해진 나를 바라본다.

"C마트에서 사줄게. 포도는 거기가 더 싸."

아내는 C마트에 가지 않을 것이다. 슬슬 부아가 치민다. 뭐야? 내가 사달라는 건 하나도 안 사겠단 말이지. 입이 튀어 나온다. 나는 시무룩한 표정으로 먼발치에서 아내를 따라간다. 계산대에 줄을 선 아내가 손짓한다. 나는 카트를 아내에게 넘기고 뒤로 빠진다. 쇼핑한 물건들을 살펴보더니 아까 내가 슬쩍 넣은 캔맥주 팩을 꺼내 옆으로 빼놓는다. 안 걸릴 리가 없지. 다음부터는 아무리 졸라도 함께 오나 봐라. 난 마음속 깊이깊이 다짐한다. 아무 소용도 없을 결심을.

형,

형에게 편지 쓰는 게 얼마만이
야? 인터넷으로 가끔 이메일을 주고받긴 하지만 어쩐지 그건 편지 같지
가 않으니 우린 천상 아날로그세대인가 봐.

형이 다녀간 게 4년 전이야, 3년 전이야? 2007년 11월이었지? 삼형제
가 큰형 집에서 꼬부라지게 술 마셔본 게. 전부들 환갑을 넘겨서인가
술들이 옛날 같지 않습디다. 각 일 병이 힘들다니. 그나저나 이젠 한 번
나올 때가 된 것 같으우.

며칠 전엔 어렵게 시간을 내서 하남엘 다녀왔어. 고시원 관리를 맡은
후부터는 통 시간을 낼 수가 없어서 한 달에 한 번 있는 가족모임에도
빠진 지 오래 됐거든. 부모님이 얼마나 섭섭해 하실까, 하는 생각 때문

에 늘 마음이 무겁던 차에 마침 고시원을 봐줄 사람이 있어서 얼른 다녀오기로 한 거야. 인숙이 말로는 예고 없이 가는 게 좋다는구먼. 왜냐하면 전화를 끊기가 무섭게 베란다로 나가 서성이며 왜 이리 안 오나, 하고 마냥 기다리신다는 거야. 요즘은 누가 오지 않나 하고 기다리는 게 유일한 낙이 되어버린 것 같다고도 했어. 그날 현관에 들어서니 불효막심한 셋째를 아버지는 만면에 웃음을 띠고 맞아 주셨지.

나는 부모님을 두어 달에 한 번 찾아뵙곤 해. 고작 서너 시간 정도 보내고 오는데, 아버지를 향한 내 마음이 이 정도일까 생각하면 부끄러움이 앞서. 한 번 다녀왔다고 큰 의무나 치른 양 개운해하는 모습이라니.

이번 집에 갔을 때 아버지께서 말씀하셨어. 승진이는 이제 한국에 안 나오느냐고. 시민권이 나온 것조차 받아들이고 싶지 않은 듯한 아버지의 마음이 짜르르하게 마음에 와닿았지. 물으실 때마다 설명을 해드렸는데도 아흔셋의 아버지는 또 물으셨어.

"그래, 승진이는 지금 어디 있는 거니?"

그렇게 물으시는 아버지의 표정을 보면 울컥해져.

아버지의 치매 이야기를 전하는 혜숙이에게 형이 그랬다며? '아버지가 그렇게 우리 곁을 서서히 떠나시는구나'라고. 혜숙이가 형의 그 말을 전해주면서 한참을 흐느꼈어. 나는 전화기를 들고 입술만 깨물고 있었지.

형, 아버지는 여전히 로또를 사셔. 당첨되면 집 없는 인숙이와 내게 집을 사주시겠다고. 이번에도 아버지의 손에 용돈을 쥐어드리는데 어머니가 그러서.

"얘, 돈 드리지 마라. 그 돈 몽땅 로또 사신다. 온 집안이 되지도 않은 로또 천지다."

그저 오남매가 잘 되기만 바라는 아버지의 가없는 절절함이라니. 오늘은 누가 안 오나 하고 기다리는 그리움을 우리는 십 분지 일이나 알고 있는 걸까? 돌아서는 발길이 무거웠어.

아버지의 꼿꼿하신 성품이 허물어지는 걸 느끼면 서글퍼져. 아버지는 전형적인 유교적 덕목인 엄부자모嚴父慈母의 부모상을 견지하셨지. 그래서였는지 우리는 어려서부터 아버지를 어려워하며 지냈어. 그런 아버지가 딸들에겐 살갑게 대해주셨지. 돌이켜보면 인숙이나, 혜숙이만 예뻐하시는 걸 은근히 샘을 냈던 내가 정작 아버지에게 곰살맞게 군 적은 별로 없었더라고. 아마도 형들은 나보다 더 할걸? 요즘 부쩍 노쇠하신 아버지를 바라보면 안아드리고 싶다는 생각이 불현듯 들곤 해. 왜 우리는 서양 사람들과 달리 부자간에 스킨십을 어색해 하는 걸까? 그래도 나에게는 아버지와의 어색한 스킨십이 있기는 있었어. 좀 엉뚱하긴 했지만.

삼 년 전, 가지울에서 거의 혼자 살다시피 할 때였지. 밭에서 김을 매고 있는데 어머니한테서 전화가 왔어.

"얘, 빨리 좀 와야겠다. 아무래도 아버지를 병원에 모시고 가야 할 것 같아."

"왜요. 어디 다치셨어요?"

"아니, 아직도 변을 못 보고 계셔."

나는 옷도 갈아입지 못하고 지프를 몰고 산을 내려왔어. 며칠 전에 찾아뵈었을 때에도 변비에 시달리고 계셨거든. 나는 현관에 들어서기가 무섭게 아버지를 찾았어.

"아버지는?"

어머니는 화장실 쪽을 눈으로 가리키셨어. 조금 후에 나오신 아버지께 둘은 합창하듯 여쭤 봤지.

"어떻게 되셨어요?"

아버지는 대답하기도 귀찮다는 듯 고개를 가로저으셨어. 이마에는 땀이 송글송글 맺혀 있고 얼굴이 놀라울 정도로 창백하더군.

"안 되겠어요. 응급실로 가요."

아버지는 병원에서도 앉지를 못하고 안절부절못하고 서성이셨어. 병원 직원의 안내에 따라 촬영실로 모시고 가 사진을 찍었고 조금 후에 우리는 아버지의 대장 사진을 보며 설명을 하는 의사의 입만 쳐다봤지. 의사가 가리키는 사진에는 검은 덩어리가 군데군데 뭉쳐 있더군. 묵은 변이라고 했어. 대장의 거의 반을 차지하고 있다고 의사가 혀를 끌끌 차며 설명하대.

"이 사진을 보니 꽤 오랫동안 변을 못 보셨네요. 식사를 잘 안 하시나 봅니다. 식사량을 늘려보세요. 한결 좋아질 거예요. 너무 걱정은 하지 마십시오."

의사는 간호사에게 뭔가 지시를 했고 간호사의 안내에 따라 아버지와 나는 6층 처치실로 올라갔어. 간호사는 아버지에게 약을 드시게 하고 좌약을 투입했지. 그리고는 내게 비닐장갑을 주고 아버지의 항문을 막고 있으라고 했어. 순간 아버지는 난감한 표정을 지으셨지만 도리가 없는 일이었지. 하제를 음복케 하고 아래로는 좌약을 투입한 후 물리적으로 항문을 일정 시간 막아 신호가 오면 봇물을 터뜨리듯 배변을 유도하는 처치였나 봐. 인내심이 절대적으로 요구되는 일이었어. 아무리 마려워도 정해준 시간만큼은 참아야 한다는 것이고 그것을 물리적으로 막아야 하는 역할은 내 몫이었어.

　모로 누운 아버지는 내게 그런 일을 하게 한 것이 민망하셨나 봐. 어쩔 줄을 몰라 하셨어.

　"애, 이걸 어쩌니. 애야, 미안하구나."

　"아이쿠 아부지, 무슨 말씀을 그리 하세요. 아무 생각 마시구 조금만 참으세요. 그깟 5분을 못 참겠어요? 이제 3분 남았네요. 조금만 참아요. 조금만 더."

　나는 민망해 하는 아버지의 마음을 편하게 해드리기 위해, 그리고 그 일에 열중하기 위해서라도 계속 떠들어야 했어. 내 이마에도 어느 새 땀이 맺히더라고. 내가 이런데 아버지는 오죽하셨을까.

　아버지는 우리가 아기였을 때 어머니를 도와 기저귀도 많이 갈아주셨대. 그걸 갈아주면서 무슨 생각을 하셨을까? 퍼뜩 그 생각이 나는 거라. 당신도 그러셨으면서 내게 미안하다고? 나는 누워 계신 아버지의 몸을 보고는 움칠 놀랐어. 너무 왜소해지신 몸이 내 마음을 아프게 하는 거야.

"아~ 애, 더는 못 참겠구나. 애."

아버지는 온 몸이 경직되어 떨리는 목소리로 말씀하셨어. 결국 일차 시도에는 실패를 했어. 나는 옆방의 간호사를 불러왔고 간호사는 처음부터 다시 시도하자고 했지. 아버지는 많이 지치신 듯했어. 나는 장갑을 끼지 않은 다른 한 손으로 아버지의 손을 잡아 드렸어. 마르고 탄력 없는 아버지의 손을. 아버지는 내가 잡아드린 손에 힘을 꼬옥 주시는 거야. 공연히 목이 메어 왔어. 나도 힘을 주어 맞잡았지. '아버지 조금만 참으세요.' 무언의 교감이었어. 말씀은 안 하셨지만 '애, 고맙다' 하시는 아버지의 음성이 체온을 통해 전해지는 것 같았어.

세 번 만에야 성공을 했어. 신호가 옴과 동시에 바로 화장실로 갔지. 근 열흘 만에 볼일을 보고 나온 아버지의 표정은 아주 밝으셨어. 병원에 도착한 후 그렇게 하기까지 거의 한 시간은 걸렸을 거야. 나는 내가 아버지의 고통을 덜어드린 게 자랑스러웠어. 그리고 아버지를 아주 가까이에서 느낄 수 있었다는 게 기뻤어. 그 후로 아버지를 떠올리면 탄력 잃고 줄어든 체구가 어른거려서 우울해지는 거야. 아마 그때부터였나 봐. 아버지를 한 번만이라도 제대로 안아드리고 싶다는 생각을 한 것은. 아버지를 뵈러 갈 때마다 안아드려야겠다는 생각을 했지만 이제까지 한 번도 실천에 옮기질 못했어. 그게 뭐 그리 어려운 일이라고.

형, 한 번 나와. 예고 없이 말이야. 우리 실컷 아버지를 안아드리자. 응?

불안한 상상을 털며

'아니 저 아줌마가 내 기저귀를
간다고? 설마?'

그러나 우려는 현실로 다가왔다. 유니폼을 입은 통통한 아줌마는 침
대 시트 등을 가지고 내 쪽으로 다가왔다. 그녀는 방문도 닫지 않았다.
무표정하게 침대로 와 가져온 물건들을 침대 위에 던지듯 내려놓았다.
개인 시트 위에는 환자복과 기저귀가 놓였다.

"할아버지, 오늘 처음인가 봐. 이리 와요. 기저귀 갑시다."

연변 동포의 억양이 느껴지는 간병사는 침대에 매달아놓은 환자의
태그를 힐끗거리며 말했다. 절반은 반말이었다. 뜨거운 감자를 내팽개
치듯 가버린 아들놈이 원망스러웠지만 불평할 대상이 없자 나는 냅다

그녀에게 소리를 질렀다.

"아니 아줌마가 내 기저귀를 간다고? 남자도 보이더구만 왜 아줌마가 와서 이래요? 아까 그 실장인지 팀장인지 좀 오라고 해봐요."

"와보나 마나에요. 처음이라서 모르는 모양인데 대한민국 요양원 다 똑같아요. 남자가 할머니 기저귀도 갈아주고 목욕도 시키는 판인데 누 군 좋아서 이 짓 하나? 억울하면 3, 4억 주고 고급 요양원으로 가던지. 불편하면 할아버지가 불편하지 내가 불편해?"

투덜거리며 사라지는 여자의 음성이 귓등을 스친다. 고개를 흔들어 불안한 상상을 쫓는다. 나는 새 기저귀를 갈아 찬 아버지에게 잠옷을 입히고 있었다. 이런 상상은 정말 싫지만 아버지 기저귀를 갈아드릴 때면 언제 저렇게 될지 모르는 미래의 내 모습이 떠올라 불안한 심사가 되곤 한다.

자식이 이렇게 보살펴 드리는 것은 잘하건 서투르건 부모님으로선 불행 중 다행이지만 그나마 우리 대代부터는 알아서 제 발로 시설에 들 어가야 한다.

얼마 전 유치원 교사가 어린애를 무자비하게 폭행하는 사건으로 온 사회가 충격에 휩싸였을 때 누군가가 그랬다. 요양원도 다르지 않을 거 란 말이었다. 요양원에서 인권유린 사건이 터졌다 하면 유치원과는 비 교도 할 수 없을 만큼 충격적일 것이라고 말했다. 그러나 요양원이 들 춰지지 않는 것은 정서상으로도 내리사랑으로 당연하다는 얘기였다. 씁쓸했다.

어떤 측면에서 보면 고령화시대에 노인은 존중받을 대상이 아니라 새로운 비즈니스의 대상에 불과할는지도 모른다. 노인들은 그저 봉일 뿐이다. 약삭빠른 이들은 일찌감치 요양사업을 블루칩으로 감을 잡고 뛰어들었다. 2008년에 1,700여 곳이던 노인장기요양시설이 5년 만에 4,300여 곳으로 급증했다. 그 같은 현상은 더욱 가속화할 것이다. 고령화가 될수록 요양사업이 주축을 이루는 실버산업은 번창할 것이라는 예견이다.

불확실한 미래에 대한 불안감 때문인지 마음이 편치 않다. 노부모를 모시면서 생긴 현상이다. 평소에는 괜찮다가도 아버지의 섬망譫妄 증세가 심할 때면 두어 시간 이상 시달릴 때도 있다. 그럴 때면 '시설'에서는 어떻게 하는지 궁금해진다.

요양보호사 자격증을 딴 친구로부터 들은 이야기다. 자격을 획득한 후 요양병원에서 잠깐 일을 한 적이 있단다. 치매환자가 말썽을 피우면 불문곡직 침대에 묶은 후 진정제를 투여하더라는 것이다. 그러고 보니 요양원에 있는 친지를 문병 갔을 때가 떠올랐다. 안내를 받아 방을 찾아 가보니 주무시고 있었다. 곤하게 자고 있어서 깨우질 못하고 기다렸다. 깬 후에 우리를 알아보고 무척이나 반가워했지만 이야기를 나눈 시간은 10분도 채 되지 못했다. 또 잠이 들어서였다. 우리 형제를 다 알아보았고 치매증상도 그리 심하지 않아 보였다. 할 이야기도 많았지만 되돌아와야 했다. 뭔가 하다가 만 기분이었다. 친구는 덧붙이기를 혹시 나중에 치매에 걸리더라도 웬만하면 요양원에 가지 말라고 했다. 그러나 일단 치매에 걸리면 시비是非며 호오好惡를 구별이나 하겠느냐는 것이며 그보다도 가고 안 가는 것을 판단할 처지에 있기나 하느냐는 것이 내 생각이다.

4대가 함께 어우러져 살던 대가족시대가 노인에게는 유토피아였지만 세상은 변하고 인심은 달라졌다. 내가 노인이 되고 나니 파도는 왜 이리 심한지 남은 항로가 순탄하기를 어디에 대고 빌어볼까.

꿈속에 노니는 듯 편안히 주무시는 아버지의 모습이 보기 좋다.

제4부
나를 울려주는 봄비

윈도브러시가 버스 앞 유리에 떨어지는 빗물을 부지런히 닦아낸다.
'삐꺽 삐이꺽'. 그때마다 점점이 맺혔던 빗방울이 쭈르륵 밑으로 쫓
기듯 흘러내린다. 빗방울은 2층 베란다에서 창문을 열고 손을 흔드
시는 부모님의 잔상처럼 지워졌나 싶으면 또 송글송글 맺히고, 지워
졌나 싶으면 또 맺히고……

탈출

보름째 찾아뵙지 못해 마음이 불편하던 차였는데 어머니께서 전화를 하셨다.

"삼진이냐? 우리 하남에 왔다."

"아, 오셨군요. 지난 주에 간다고 해놓고 못 가서 죄송해요. 제가 내일 새벽에 갈게요."

"바쁜데 무리는 하지 마라. 그냥 하남에 왔다고 알려주는 거니까."

그러나 나는 안다. 그게 보고 싶다는 또 다른 표현이라는 것을.

큰형이 부모님을 모시고 간 지 석 달이 되었다. 큰형은 하남에서 멀지 않은 남양주에 산다. 6년 전, 그러니까 어머니가 팔십 중반을 넘어섰을 때 큰형은 형제들로부터 이제는 부모님을 모실 때가 되지 않았느냐는 무언의 압박을 받았다. 그런 눈치를 챈 어머니가 말씀하셨다.

"너희들에게 부담을 주지 않겠다. 누가 모시네, 마네 그런 건 신경 쓰지 마라. 아직까지는 내가 아버지에게 밥을 해드릴 만하니까. 그게 힘들어지면 이 집 팔아서 실버타운에 들어가 편하게 살 테니 너희들은 자주 놀러오기만 하면 된다. 쾌적한 전원에 시설도 좋고 전용병원도 안에 있다니 얼마나 좋으냐."

아닌 게 아니라 소파 옆 탁자에는 고급 실버타운을 소개하는 팸플릿이 놓여 있었다. 두 분이 이미 실버타운을 알아보고 계셨다는 이야기다. 그때만 해도 두 분이 모두 정신이 온전할 때였다. 그러나 우리는 그것은 말도 안 된다며 귓등으로 흘려들었다. 자식이 다섯이나 있는데 실버타운 아니라 골드타운이라도 그렇지 요양원은 요양원일 뿐이라는 생각이었다. 자식들의 눈치를 보려고 일부러 해보신 말씀으로만 여겼다. 그런데 일이 년이 가고 삼사 년이 가면서 상황이 달라졌다. 기억력이 현저히 떨어진 부모님은 6년 전에 하신 말씀은 까맣게 잊고 계셨다. 그뿐만 아니라 실버타운 입주비가 그 새 많이 올라서 아파트를 판 돈으로는 어림도 없었다.

부모님의 건강은 흐른 햇수만큼 나빠졌다. 재작년에 큰형과 막내가 아버지를 병원에 모시고 가 진찰을 받았는데 알츠하이머 1기에서 2기로 넘어가는 과정이라고 했다. 이제는 모셔야 할 때가 온 것이다.

모실 수 있는 사정이 되는 형제는 큰형과 막내 여동생이었는데 가족들과 협의할 시간이 필요했다. 그때만 해도 어머니의 건강이 웬만하셨

으므로 형제들은 당번을 정하여 부모님을 보살펴드리며 때를 보기로
했다.

그러던 차에 20여 년 전에 뉴질랜드로 이민을 갔던 작은형이 딸을 결
혼시키기 위해 나왔다가 밀린 효도를 한다며 넉 달간 부모님을 모셨다.
귀국하기 전에 작은형은 형제들과 만난 자리에서 더 이상은 두 분만 계
시게 해서는 안 되겠다고 심각하게 말했다. 막연하게 모셔야 할 때가 되
었다고만 생각했을 뿐 선뜻 이야기를 꺼내지 못하고 있을 때였다. 그러
던 차에 작은형이 한 집에서 살며 두 분의 증상을 겪어보니 생각보다 중
증이었던 것이다. 특히 어머니의 진행속도는 생각보다 빠르다고 했다.
부모님의 치매증상을 전하면서 작은형은 눈물을 보이기까지 했는데 그
것은 대단한 설득력이 있었다. 작은형이 뉴질랜드로 돌아가고 일주일
후 큰형은 부모님을 모시고 갔다.

뒤늦게 부모님을 모시게 된 큰형은 비로소 어깨가 펴졌다. 막내 여동
생은 큰오빠가 친지고 아파트 경비고 만나는 사람마다 이제 부모님을
모시고 있다고 묻지도 않은 말을 하더라며 깔깔 웃었다. 그 동안 얼마
나 마음고생을 했으랴. 얼마 전에는 나와 통화를 할 때 그런 이야기를
하기도 했다. 형수가 부모님을 모셔오기 전에는 나도 이제 나이 일흔의
할머니라는 둥, 왜 장남만 모셔야 되느냐는 둥 하더니 막상 아버지 어
머니를 모시게 되니까 하루 세 끼 뜨거운 밥을 꼬박꼬박 차려드리며 그
렇게 잘 하더라는 것이다.

어쨌건 부모님이 큰형의 아파트로 옮기고 나서 무거웠던 마음은 조

금 가벼워졌다. 그러나 정작 어머니는 그게 아닌 것 같았다. 하루는 안부전화를 드렸더니 별로 탐탁지 않은 목소리로 마치 고자질하듯 말씀하시는 것이었다.

"애, 여긴 감옥 같아. 22층에서 내려다보면 사람들이 콩알만 해. 누가 데리고 나가기 전엔 방안에만 있어야 하는구나. 하남에선 창문 열고 바깥도 내다보고 점심때는 노인정에 가서 밥도 먹고 노인들과 얘기도 하고 그랬는데 이게 뭐냐? 하루 종일 꼼짝도 못하고."

불편한 게 과연 그런 것들뿐일까? 나는 곰곰이 생각해 보았다. 어머니의 틀니 문제(어머니는 틀니를 뺀 상태의 모습을 친자식에게도 절대 보여주려 하지 않으셨다)라든가 20년 가까이 고생해 오신 아버지의 전립선염으로 인한 문제(아버지는 80세 되던 해에 전립선 수술을 했는데 15년 정도 지나면서부터는 배뇨가 통제되지 않았다)말고도 소소한 문제들이 많을 것이었다. 왜 안 그렇겠는가? 오남매를 모두 출가시키고 두 분만 오붓이 살아오신 햇수가 삼십삼 년이다.

그런데 이제는 자신들이 키워온 자식의 집에서 더부살이를 하게 되니 얼마나 불편할까. 큰형이 아무리 잘 모신다고 해도 대가족시대의 위엄 있는 어른이 되기는 시대가 허락하지 않을 것이었다. 아니 부모님은 애당초 그런 권위보다도 두 분만의 자유로운 삶을 희망하실 터이다. 큰형이나 큰형수가 외출을 하면 커다란 아파트는 고층 감옥일 뿐이다. 산책을 하고 싶어도 엘리베이터를 타고 내려가기가 겁이 날 것이며 현관문을 여는 것은 물론 잠그는 것도 자신이 없을 것이다.

궁즉통窮則通이라고 어머니는 하남에 살 때 일요일마다 다니던 성당을 생각해 내셨다. 굳이 하남 성당에 가서야 될 이유는 없지만 어머니는 다니던 성당을 가겠다고 했고 큰형은 토요일 저녁에 부모님을 하남 아파트로 모셔다 드렸다.

큰형은 부모님이 형네 아파트에서 가끔이라도 벗어나고 싶어 하시는 마음을 짐작했을 것이다. 운동 삼아서라도 또 기분전환 삼아서라도 좋을 일이라고 생각했다. 부모님께 십여 년간 쌓아온 이웃들과의 관계를 유지하게 해드리는 것도 중요하지만 형수에게도 적당한 휴식이 필요할 것 아닌가. 형네 아파트를 벗어나면 얻는 것이 또 있으니 그것은 다른 자식들을 골고루 볼 수 있다는 것이다. 장남이 모시니까 다른 자식들이 마음을 놓았는지 자주 뵈러 오지를 않는데, 일주일에 한 번씩 하남에 가면 딸들과 막내아들이 알아서들 오는 것이다.

큰형이 부모님을 모시고 간 후 시간적으로 여유가 생겼던 여동생들은 부모님이 일주일에 이삼 일 하남으로 와 계시자 다시 바빠졌다. 식사 문제도 해결해드려야 했지만 가스는 제대로 잠그는지, 약은 때맞춰서 드시는지 신경을 써야 할 일이 많았다. 아무래도 가까운 곳에 사는 두 여동생이 고생을 하게 된다. 멀기도 하려니와 일 때문에 자리를 비울 수 없는 나는 어머니의 전화를 받고서야 이른 아침에 다녀오곤 한다.

오늘도 그랬다.

"우리 하남에 와 있다. 바쁜데 신경 쓰지 마라."

이 말은 이제 올 때도 되지 않았니?라는 뜻이다. 이 말도 효과가 없을 때는 강도를 조금 더 높인다.

"애, 너 혹시 오늘 온다고 하지 않았니?"

이쯤 되면 아무리 바쁘더라도 당장이라도 달려가서 이렇게 귀여운 어머니를 꼭 안아드리고 싶은 것이다. 아니나 다를까 두 분은 베란다에서 내 모습이 나타나기를 기다리고 계셨다. 내가 손을 흔들자 두 분의 얼굴이 활짝 퍼지며 손을 마주 흔드신다. 도착 십 분 전쯤 산보 준비하고 계시라고 전화를 드렸을 때부터 그러고 계셨을 것이다.

허리가 불편한 어머니를 휠체어에 앉혀드리고 아버지가 밀게 했다. 아버지는 어머니가 휠체어를 타실 때면 손수 밀어주는 것을 좋아하셨다. 그러나 어머니는 아들이 오면 아버지가 미는 것을 언짢아 하셨다. '동네사람들 보시우, 아들이 와서 운동도 시켜주구 해장국도 사준다우' 이렇게 자랑하고 싶으신 건지, 아니면 아버지가 미는 게 안쓰럽고 미덥지 못해서 그런 것인지 잘 모르겠다. 내가 아버지에게 휠체어를 밀게 하는 것은 아버지의 운동량이 워낙 모자라기 때문에 이렇게라도 운동을 하게 하려는 뜻도 있지만 사이좋게 해로偕老하시는 모습을 자랑하려는 마음도 있다.

시청공원에 가서 운동을 시켜드리고 단골 해장국집에 들러 돌솥설렁탕을 시켰다. 한 그릇으로 두 분이 반씩 나누어 드신 지 이미 오래 됐다. 오늘 따라 아버지는 음식이 나오기 전인데 김치며 깍두기를 맛있게 드셨다. 어머니는 잇몸이 아파 음식을 잘 씹지 못하겠다며 깍두기에는 손을 대지 않으셨다. 아버지는 연신 '어이 시원해' 하며 드셨다. 국물까지

깨끗하게 드신 아버지는 활짝 웃으며 내게 물으셨다.

"얘, 이게 이름이 뭐냐? 나 이런 건 처음 먹어본다."

"아니 이건 삼진이가 올 때마다 사드리는 건데 뭘 처음 먹는다구 해요?"

아버지는 요즘 어떤 음식도 다 처음 먹어보는 것이라고 하다가 어머니께 지청구를 들으신 후에야 입을 다무신다. 맛있게 드신다는 사실만으로도 기쁜 일 아닌가. 점심으로는 우거지해장국을 포장했고 저녁엔 빵을 드시겠다고 해서 빵집에 들러서 먹고 싶은 빵을 고르시게 했다. 오늘 부모님의 식사는 준비 완료다.

이제 나는 일터로 돌아가야 할 시간이다. 갈 채비를 끝내고 어머니께 여쭈어 본다.

"그래 몇 시 미사를 가실 거예요?"

"글쎄 아홉 시 미사를 가려고 하는데 아버지가 이렇게 안 가신다고 버티니 어떡하니? 벌써 삼 주나 빠졌단다."

매주 성당 오신다고 형의 집을 빠져 나오시면서 막상 성당은 건너뛰는 게 절반은 넘나 보다. 문득 성당을 핑계로 형의 아파트를 탈출하는 두 노인의 모습이 떠올라 슬그머니 웃음이 나온다.

어머니는 아버지가 성당에 안 가시면 덩달아 안 간다. 아니 아버지가 못 가게 하기도 하지만 아버지 혼자 두고는 불안해서 갈 수가 없을 것이다.

"오늘은 갑시다. 그렇게 자꾸 빠지면 어떡해요. 하나님이 좋아 하시졌냐구요."

아버지의 대꾸가 걸작이다.

"아, 조금 있으면 직접 뵈러 갈 텐데 뭐가 걱정이야."

아버지와의 산책

피곤한 하루다. 며칠 전부터 약속된 모임이 있는 날이지만 참석이 어려워졌다. 모처럼 그리운 얼굴을 만나 그간 밀린 이야기나 속시원히 하고 싶었다. 그러나 신축 건물이 겨울을 나면서 여기저기 손볼 데가 많아져 보수공사를 벌여놓아 자리를 비울 수가 없었다. 기분도 불편한 차에 보던 책이나 읽다가 자려고 요즘 잘 나가는 영화평론가가 쓴 책을 펼쳤다. 시간 가는 줄 모르고 몇 장 읽다보니 좋은 문장 하나가 눈에 들어 왔다.

— 현재 시제에서 무기력할 수밖에 없는 인간은 결국 과거 시제에서 추억을 발명함으로써 스스로에게도 아름다웠던 시절이 있었다고 자위한다.

그럴까? 난 그나마도 없는 것 같은데? 그 다음 문장이 그럴 듯했다.

— 삶에서 가장 아름다웠던 시절이 언제나 과거라는 사실 속에 인간의 근원적인 절망이 있다.

그럴 수밖에 없는 것 아닌가? 결국은 겪은 것 중에서 생각할 수밖에 없을 테니까. 사람들은 늘 현재중심적이다. 나쁜 일에 대해서는 위로삼아 'Bygone is bygone'(지나간 것은 지나간 것이다)라고 말한다. 미래는 예측이 불가능하고, 현재는 행복한 것인지 불행한 것인지 모르겠고, 그러다 보니 만만한 것이 과거인 걸까? 그 문구를 보면서 나는 상념에 빠졌다. 바로 책을 덮고 커피를 탔다. 서재로 돌아와 미완의 글을 모니터에 띄웠다. 읽던 책의 한 문장에서 힌트를 얻어, 풀리지 않아 미뤄뒀던 글의 실마리를 찾은 것이다.

다음 날 이른 아침 늘 하던 대로 카메라를 챙겨 산책을 나섰다. 산수유가 망울을 터뜨리고 있다. 개나리도 곧 피우리라.

여의도 샛강변으로 접어들었을 때 맞은 편에서 아버지와 아들인 듯한 두 사람이 눈에 들어왔다. 50대의 아들은 건장했고 상대적으로 왜소해 보이는 80대의 노인은 근처 병원에 입원 중인 듯 코트 안에 환자복을 입고 있었다. 팔 한쪽은 가슴 안쪽으로 구부려 붙이고 한 쪽의 다리는 착지점을 찾는 게 어색해 보였다. 풍을 앓고 있는 듯했다. 아들은 아버지가 넘어질세라 아버지의 발끝을 보면서 한 걸음 한 걸음 조심스럽게 내딛었다.

노인은 솟아나는 봄의 기운을 온 몸으로 받아들이려는 듯 연록의 새순이 돋아나는 나무 한 그루 한 그루마다 멈춰 서서 보았다. 나는 노인에게서 눈을 뗄 수가 없었다. 그 모습이 대단히 호소적으로 보였다. 삶에 대한 절실한 회구希求도 느껴졌다. 그들과의 거리가 좁혀지면서 노인의 표정까지 살필 수 있었다. 숱이 없는 백발은 이발을 오랫동안 하지 않았는지, 여학생의 단발머리 길이로 자랐다. 움푹 팬 볼, 총기 잃은 눈동자에서 조락凋落을 본다. 연록색 새 순의 기氣가 노인에게 옮아갈 수만 있다면 얼마나 좋을까.

같은 시각에 하남 덕풍천변을 걷고 계실 아버지를 떠올렸다. 아버지는 저 노인보다 연세가 훨씬 많지만 저처럼 병약하진 않다. 다만 마음 쓰이는 것은 지금 아버지는 저들과 달리 혼자서 산책로를 걷고 계실 거라는 것이다. 젊은 아버지가 어린 아이를 데리고 산보를 하건, 중년의 아들이 노년의 아버지를 모시고 산책을 하건 아버지와 아들이 산책하는 모습을 보는 일은 언제나 부럽다.

하남 본가에서 차로 이십 분이 걸리는 가지울에 살 때다. 그때는 아버지와 종종 산책을 했었다. 나한테서 며칠째 연락이 없으면 아버지는 아침 일찍 가지울로 오시기도 했다. 그런 날은 어머니께서 미리 전화를 해주셨다. 차를 타고 큰길로 내려가 기다리고 있으면 아버지가 버스에서 내리셨다. 운동 삼아 온 것인데 차는 왜 끌고 왔느냐며 나무라시지만 사실은 기분이 좋으신 것을 나는 안다. 집 앞에 차를 대고 아버지와 나는 야트막한 산으로 올라간다. 한 바퀴 돌기 위해서다. 신선한 아침 공기를 마시며 아버지와 나누는 이야기는 고담준론高談峻論이 아니어도 좋았다.

네가 여기서 한시도 짓고 붓글씨도 쓰고 책도 읽으며 지낸다면 얼마나 좋으냐라던가, 여기서 터를 잡고 지내며 형제들과 자주 만나 텃밭 가꾸고 사이좋게 지내면 그게 지선至善이라는 내용들은 이미 수십 년 들어 온 말이지만 그때마다 나는 말없이 고개만 끄덕인다. 옳은 말씀이기도 하거니와 가능하다면 그렇게 하고 싶기 때문이다. 사업에 실패해서 집도 절도 없이 산속에 들어와 사는 내가 안쓰럽고 무슨 나쁜 생각이라도 하고 있는 게 아닌가 하는 아버지의 염려지심을 잘 안다.

간혹 서울에 모임이 있어서 한 잔 하는 날은 산으로 들어가기가 어려워서 본가에서 자고 가겠다고 미리 말씀 드린다. 술을 거나하게 마시고 자정이 넘어 들어가 어머니께서 깔아주신 자리에 누워 잔 다음날 아침이면 나는 아버지의 헛기침소리에 잠을 깨곤 했다. 아버지의 헛기침은 나와 산책을 하고 싶으시다는 소극적인 의사표시다. 나는 짐짓 벌떡 일어나며 아버지 저도 데리고 가주세요,라고 말한다. 왜, 더 자지 그러니? 어제 늦게 들어왔던데, 하시지만 본심은 그게 아닐 것이다.

그날도 어김없이 아버지의 산책로를 걷기로 했다. 덕풍천변을 따라 걷다가 시청공원으로 연결된 계단을 오르면 팔각정이 보인다. 다리가 뻐근해지면 잠시 쉬었다 가는 곳이다. 대화는 해도 좋고 안 해도 좋다.

"애야, 동전 있니? 여기서 커피 한 잔 하자."

아버지는 자판기 옆 나무의자에 느릿느릿 앉으며 말씀하셨다. 언젠가 메뉴 선택을 잘못 눌러서 블랙커피를 뽑은 적이 있다. 아니다싶어

다시 뽑으려 했을 때 아버지는 내 소매를 잡으며 말리셨다.

"좀 쓰면 어떠냐? 그냥 마시자."

별스럽지도 않은 그 말씀이 오늘 따라 왜 이렇게 가슴을 후비는지 모르겠다.

더 이상 아내와 아이들만 서울에 둘 수는 없었다. 무슨 일이라도 해야 했다. 나는 산에서 내려 왔다. 부모님 지근거리에서 계속 응석받이 막내로 살고 싶었지만 허드렛일로 고생하는 아내가 자꾸 눈에 밟혔다. 자주 찾아 뵐 것을 다짐하고 내려왔건만 생활반경에서 벗어난다는 것도 쉬운 일은 아니었다. 부모님께는 늘 죄송하다. 오늘처럼 부자가 산책하는 모습을 보는 날은 더 그렇다.

'삶에서 가장 아름다웠던 시절이 언제나 과거라는 사실 속에 인간의 근원적인 절망이 있다'는 말이 다시 생각난다. 내가 아버지와 함께 산다면 그 아름다운 시절이 지금이라고 느낄지도 모른다. 하지만 바보 같은 나는 그걸 알면서도 지금 이곳에 있는 것이다.

나를 울려주는 봄비

　　　　　　　　　　"너는 온다더니 언제 오는 거
니?"

　어머니의 목소리가 귓등에 딱지가 졌는지 근지럽다.

　그 소리를 떨쳐버리려고 새벽같이 하남으로 갔다. 9호선, 7호선,
9301번 버스로 갈아타가며 덕풍시장에서 내렸다. 길 건너 '24시 ○○해
장국' 간판이 보였다. 근처에 여러 식당 중 유독 북적거리는 걸 보고 그
집으로 들어갔다. 7시도 안 됐는데 손님이 제법 많았다. 우거지가 들어
간 뼈다귀해장국 삼 인분을 포장해 달라고 했다. 깍두기에 포기김치,
송송 썬 파, 공기밥까지 모두 챙겼다. 어머니가 이제는 밥하는 것도
힘들어 하시기 때문이다. 그것들이 모두 담긴 검정 비닐봉투는 꽤 묵직

했다.

과일가게에 들러 포도를 한 상자 샀다. 들고 가기 좋게 비닐봉투에 담았다. 해장국 봉투와 포도 봉투를 양손으로 들어보니 들 만했다. 그러나 걷자면 20여 분은 걸릴 것이고 거기다 빗방울이 후두둑 떨어졌다. 아침 드시지 말라고 전화까지 해놓았으므로 기다리실 것이었다. 길가에 서 있는 택시 문을 열었다.

"저어기 H아파트인데 비는 오고 짐은 무겁고. 미안하지만 좀 타고 갑시다."

수더분해 보이는 기사가 씩 웃는 것이 타라는 표정이다. 타자마자 그는 큰길을 놔두고 시장골목으로 과감히 좌회전을 한다.

"자주 찾아뵈어야 하는데 바쁘단 핑계로 어쩌다 새벽에 잠깐 다녀간답니다. 아흔 넘은 부모님들 두 분을 그렇게 놔두고 있으니 맘이 늘 편치가 않아요."

걸어가도 좋을 곳을 택시를 탄 것에 대한 변명이라도 하듯 하지 않아도 될 말을 지껄인다.

기사가 말허리를 끊었다.

"202동이시죠?"

"네? 그걸 어떻게?"

"2층엔가? 3층에 사시고요"

"네에, 맞아요."

"제가 그 동 14층에 살아요."

"아하. 이런 우연이……."

"두 노인네가 맨날 손잡고 다니시잖아요."

어쩐지 행선지를 듣자마자 큰길을 마다하고 시장골목으로 과감하게 방향을 틀더라니.

내가 아침을 차리려 했지만 어머니는 한사코 마다하셨다. 아버지 목소리는 밝고 힘차다. 당신 손자들 이야기만 나오면 조금이라도 더 듣고 싶어 하신다.

"그래그래, 그 녀석이 어릴 때부터 그랬지. 허허 녀석 참."

아버지가 말하느라 해장국이 줄어들지 않자 어머니는 왜 이렇게 안 먹느냐며 역정을 내신다.

"삼진이 얘기 듣는 게 좋지. 밥이야 매일 먹는 거. 허허허."

식사를 마쳤지만 발걸음이 떨어지지 않는다.

"자주 올게요."

"바쁜데 무리해서 올 것은 없고 전화라도 가끔 해라. 아버지가 이젠 아흔 일곱이셔."

어머니의 말씀이다.

아버지가 따라 나오며 엘리베이터를 타고 내려가라신다.

"에이 2층인데요. 그냥 걸어갈게요."

"이 녀석아, 타고 내려가. 넘어지면 오래 고생한다. 너도 육십이 넘었어."

아버지의 막무가내에 할 수 없이 버튼을 눌렀다.

윈도브러시가 버스 앞 유리에 떨어지는 빗물을 부지런히 닦아낸다. '삐꺽 삐이꺽'. 그때마다 점점이 맺혔던 빗방울이 쭈르륵 밑으로 쫓기듯 흘러내린다. 빗방울은 2층 베란다에서 창문을 열고 손을 흔드시는 부모님의 잔상처럼 지워졌나 싶으면 또 송글송글 맺히고, 지워졌나 싶으면 또 맺히고…….

아버지의 마지막 친목회

6년 전 부모님 댁에서 가까운 곳
에 살 때다. 어머니가 전화를 하셨다. 아버지가 모임에 가셔야 하는데
바쁘지 않으면 모시고 다녀와 주었으면 했다. 어머니가 약속이 있을 때
는 아버지가 특별한 일이 없는 한 동행을 해주셨다. 약속장소 근처에서
혼자 식사를 하고 서점에서 시간을 보내다가 함께 들어오시곤 했다. 그
러나 아버지가 모임이 있을 때는 어머니가 시간을 보내기가 애매했으
므로 큰형이나 내게 모시고 다녀오게 했다.

나는 시간에 맞춰서 부모님 댁으로 차를 몰고 갔다. 90객들의 모임
은 어떨까? 약주는 많이 드시지 못하시겠지만 무슨 이야기들을 나누
실까가 궁금했다. 아버지는 깔끔하게 차려입고 내가 오기를 기다리고

계셨다.

아버지는 술을 좋아해서 술친구가 많으셨다. 중학교 다닐 때의 어느 일요일, 어머니가 작은형과 나를 불러 아버지의 친구 집에 가서 아버지를 모시고 오라고 했다. 오전에 친구 댁에 놀러가셨는데 저녁이 되도록 귀가를 하지 않는다며 걱정하고 계셨다. 한 시간쯤 후에 양조장을 하신다는 친구 댁에 도착해 보니 두 분은 마당에 깔아놓은 멍석 위에 큰 대자로 누워 노래를 부르고 계셨다. 멍석 한가운데 개다리소반 밑으로 소주병이며 막걸리병이 즐비했다. 형제가 양쪽에서 부축해 낑낑거리며 모시고 왔던 일은 아버지의 낭만과 우정을 떠올리는 즐거운 추억 중에 하나다. 아버지의 친구 중에서 오래 사신 편인 그 분은 8년 전쯤에 돌아가셨다.

아버지가 70대 중반일 때만 하더라도 일제 강점기에 같은 초등학교를 다닌 친구 분들이 가끔 모이셨고 우리 집에도 놀러 오셨는데 모이기만 하면 온 집이 들썩거리도록 유쾌하게들 노셨다. 그 분들은 어머니나 우리들이 있건 말건 질펀한 육두문자를 주고받아서 어머니를 질색하게 만들었지만 우리 형제들은 그 욕설을 들을 때마다 흉내를 내며 킬킬거리곤 했다. 항상 정장차림의 깔끔한 이미지였던 아버지가 그렇게 흐트러질 수도 있다는 사실이 재미있었다. 누이동생들에게는 늘 자상했지만 아들들에겐 엄격하셨던 아버지다. 그러나 그런 날은 예외여서 무등도 태워주고 용돈도 주시곤 했던 것이다.

오늘은 교육공무원을 같이 지냈던 동료들의 모임이라 들었다. 열세

분 모두들 80중반은 넘어섰고 90줄을 넘긴 분도 아버지를 포함해 두 분이라 했다. 약속장소에 조금 일찍 도착해서 아버지를 방에 모셔드리고 주차장으로 들어갔다. 차 안에서 식당을 보니, 한두 분씩 식당으로 들어가는데 아버지의 친구들이겠지 싶었다. 어쩌면 하나같이 지팡이를 짚었는지.

나는 옆 식당에 가서 된장찌개를 먹고 차로 들어가 기다렸다. 전화를 몇 통화하고 나니 무료했다. 커피 생각이 나서 아버지의 친목회가 열리고 있는 식당으로 들어갔다. 아버지 모임이 있는 방 아래엔 구두가 십여 켤레 가지런히 놓여 있었다. 무슨 얘기들을 나눌까? 커피를 뽑아들고 방 앞 식탁에 앉았다. 두런두런 말소리가 들렸다.

"아, 그 사람은 마누라가 목욕탕에서 넘어졌대. 요즘 운신을 못해서 대소변을 받아낸다는구먼."

"쯧쯧 그 나이에 넘어졌으면 고생깨나 하겠는걸."

"최 교장은 아들 하나 있는 게 이민을 간다나? 부인이 골골해서 집 팔아서 요양원으로 들어가겠다는군.

"퇴직금 받아서 사업자금 보태줬다던 그 아들이 이민을 간대? 쯧쯧."

이어지는 이야기들도 딱하긴 마찬가지였다. 모임에 나오지 못한 분에 대한 이야기도 나왔다. 누구는 얼마 전에 상배를 했고, 누구는 자식을 앞세워 보낸 후 며느리 보기가 미안해서 빨리 죽고 싶다는 등 어두운 내용이 대부분이었다. 모인 분들의 연세를 생각해 보면 기쁜 내용보다는 슬픈 내용이 더 많을 것이 당연지사 아닌가. 다치고, 아프고, 죽고,

여의고 등등.

1시 반이 안 됐는데 끝나는 눈치였다. 열두 시 모임이었으니까 한 시간 반이 걸리지 않았다는 얘기다. 분기별 모임이라는데 그렇게 하실 말씀들이 없었을까? 일어나는 움직임이 느껴져서 먼저 일어나 주차장으로 갔다. 앞장 서 나오는 아버지의 표정은 밝지 않았다.

"가자."

"네. 재미 있으셨어요?"

"재미는 무슨 재미가 있겠니? 맨날 아프고, 죽고 그런 얘기들만 하는데."

"……."

"이젠 이 모임에 나오는 것도 눈치가 보여. 회장이라서 억지로 나오긴 하는데 올 때마다 한두 명씩 못 와. 아프거나 죽은 거지. 오늘도 두 사람이 못 왔더라. 다음에 내 차례인가 싶구."

"……."

뜬금없이 어렸을 때 아버지의 죽마고우 집 마당에 큰대자로 누워 노래를 부르던 아버지, 집으로 찾아온 친구들과 육두문자로 질펀한 농을 주고받던 아버지의 모습이 떠올랐다.

그날 이후 아버지를 모시고 모임에 다녀와 달라는 어머니의 전화를 받지 못했다.

숙제

설날 큰댁에서 차례를 지낸 후 우리 형제는 모두 하남 본가로 모였다. 명절 때마다 그래 왔던 일이다. 이번 명절엔 뉴질랜드로 이민을 간 작은형님 내외가 와 있어서인지 부모님 표정이 더욱 밝았다. 다섯 형제의 식구들이 모두 모였으니 이 방 저 방에 웃음꽃이 피었다.

형들이 보이지 않아 찾아다니고 있는데 싱크대 옆방이 열리더니 작은형이 고개를 내밀고 나를 불렀다. 고스톱이라도 치자는가 보다 해서 갔더니 화투판도 없이 큰형이 심각한 표정으로 앉아 있었다. 내가 들어가자 큰형은 문을 닫으라고 했다. 아들 삼형제만 오롯이 자리를 함께한 게 얼마 만인가마는 분위기가 어쩐지 무거웠다. 나는 두 형의 표정을 살피며 자리를 잡고 앉았다.

작은형이 조심스럽게 이야기를 시작했다.

"내가 이제 귀국할 날이 한 달 남았우. 그런데 직접 모시고 몇 달 살아봐서 얘긴데 이제는 더 이상 부모님 두 분만 사시게 해서는 안 되겠습디다."

잠시 무거운 침묵이 흘렀다. 그 침묵을 깨고 큰형이 풀죽은 목소리로 말했다.

"나도 그렇게 생각하고 있었어. 점점 심해지시지? 이젠 내가 모시고 가야 하는데……."

내가 바로 이었다.

"혜숙이 얘기로는 어머니도 치매 초기에 든 것 같다던데, 진짜 그러셔?"

"어머니가 괜찮으시면 이렇게 얘기하자고 하겠어? 내가 왔을 때보다 많이 진행되신 것 같아. 며칠 전에 석류를 사다 드렸더니 그렇게 맛있게 드시는 거야. 그날 저녁을 드신 후에 네 형수가 디저트로 드리려는지 석류를 찾고 있더라구. 아까 어머니가 남은 걸 들고 안방으로 들어가시는 걸 봤거든. 그래서 어머니께 여쭤보라고 했지. 그런데 어머니가 그걸 어디에 두었는지 기억을 못하시는 거야. 요즘엔 누가 맛있는 걸 사다드리면 그걸 감춰요. 그리고는 어디에 두었는지를 기억을 못하는 거지. 아버지가 자꾸 같은 걸 반복해서 물어보는 건 잘 알고 있지? 그럴 때마다 처음 듣는 질문처럼 대답을 해드려야 하는데 어머니는 그걸 못 참고 마구 역정을 내시는 거야. 어머니도 같은 걸 자꾸 물어보는 건 마찬 가지면서. 이러니 두 분만 계실 때 무슨 일이라도 생기면 어쩌냐구. 이 젠 자주 와 뵙는 정도로는 안 돼. 누군가가 스물네 시간 붙어 있어야 해."

"흠……, 내가 빨리 우리 집으로 모셔오긴 해야 하는데……."

큰형은 그 이야기를 자신에게 재촉하는 것으로 받아들인 듯했다. 큰형의 그 주춤거림이 큰형의 의지가 아니라는 것을 우리는 안다.

작은형이 소리를 낮추어 말했다.

"요즘 시대가 달라졌어. 형은 모신다고 해도 부모님이 불편해 하실 수도 있지. 충분히 그럴 분들이야. 자존심이 보통 강하신 분들이우? 요양원도 한 번 생각해 봅시다. 요양원이라면 무조건 시설도 나쁘고 직원들은 불친절한 것처럼만 생각들을 하는데 그거야 옛날 얘기 아니우? 그런 곳은 극히 일부겠지. 무슨 사건이 났다 하면 언론에서 잔뜩 부풀려서 보도하는 것도 큰 문제야."

그때 조카가 문을 벌컥 열고는 할아버지, 할머니 편 갈라서 윷놀이 하자는 바람에 이야기는 중단되었다. 우리는 다음에 날을 잡아 다시 의논하기로 하고 윷놀이에 합류했다.

큰형네와 넷째네는 다른 일이 있어서 저녁을 먹기 전에 먼저 갔다. 저녁상이 차려지고 식구들이 자리에 앉자 식구들을 휘둘러보신 아버지가 옆의 어머니께 슬그머니 물으셨다.

"현섭이는 어딨어?"

내가 오늘 들은 것으로만 세 번째 물으시는 것이다. 자식들이 모이면 더 목소리가 커지는 어머니가 큰소리로 면박을 주셨다.

"돌아가신 지가 언젠데 자꾸 고모를 찾아요?"

아버지는 매우 민망하신 표정이다. 그럴 때마다 우리는 아버지가 민망하지 않게 처음 듣는 것처럼 대답을 해드리라고 하지만 어머니도 자꾸 잊어버리는가 보다. 막내 여동생은 그런 어머니에게 또 곱지 않은 눈짓을 했다. 그리고는 아버지께는 다시 차근차근 설명을 드렸다.

"아부지, 고모는 이 년 전에 돌아가셨어요."

"그래? 걔가 죽었어? 왜?"

못내 서운하신 표정이다.

아까 형들과의 이야기를 나눈 후 요양원이라는 단어가 머릿속에서 끊임없이 맴돌고 있었다. '아버지와 어머니를 요양원에 모시다니. 말도 안 돼.' 곧 뉴질랜드로 돌아가야 하는 작은형의 입장에서는 아무런 힘을 보탤 수 없으니 면목이 없을 터이다. 남은 형제들 중 선뜻 모시겠다고 나서는 사람이 없는 바에야 믿을 만한 요양원을 알아보는 게 어떠냐는 뜻에서 제안해본 것일 게다. 그러한 제안을 할 수 있다는 것은 20년이나 살아온 뉴질랜드의 선진적인 복지제도나 사회적인 정서에 익숙해져 있으며 신뢰감을 갖고 있다는 것이지만 우리는 그렇지 못하니 안타깝다. 어떻게 남의 손에 부모님을 맡기는가 말이다. 더구나 부모님이 그것을 원하지 않는데.

어떤 사람은 어머니가 듣고 있는 것을 모르고 형제끼리 전화로 요양원에 모시는 문제를 상의했는데 며칠 식사를 않으시더란다. 그러다가 며칠 만에 돌아가셨다던가.

고교 동창인 친구의 홀어머니는 백 세를 넘게 사셨다. 돌아가시기 일 년 전까지도 친구의 빌딩 관리를 도울 만큼 건강했다는데 세월 앞에 장사가 없다고 몸져눕게 되었다. 집에서는 봐줄 사람이 마땅치 않아 간병인을 붙여 요양원에 모셨단다. 공신력이 있는 병원에서 운영하는 것이었고 시설도 고급이었다고 했다. 효자인 친구는 거의 매일 찾아뵈었다. 그러나 그의 어머니는 말씀을 일체 하지 않으시더란다. 노환 때문에 말씀을 못하시는 것일 수도 있겠건만 친구는 그렇게 생각하지 않았다. 얼마 후 부음을 듣고 조문을 갔을 때 친구는 더 사실 수 있었을 텐데 병원으로 모신 탓에 돌아가신 것 같다며 울먹거렸다. 딱히 위로할 말이 떠오르지 않았다.

이제 그 일이 남의 일만이 아니게 되었다. 그리고 결정을 더 이상 미룰 수도 없게 되었다. 그렇다고 요양원이라니? 도무지 풀리지 않는 숙제다. 형제들이 다시 만나는 날 과연 그 숙제는 풀릴 수 있을까?

아버지의 타임머신

아버지는 요즘 타임머신을 자주 타신다. 둘러보고 싶은 때가 많으신가 보다. 아버지의 타임머신은 로버트 저메키스 감독이 만든 영화 〈백 투 더 퓨처〉에서처럼 몇 세기를 자유자재로 넘나들 수 있는 건 아니다. 아버지의 생애 중 몇 곳만 뒤돌아가볼 수 있다. 아버지를 태운 타임머신은 아버지의 뜻에 따르지 않고 아무 때, 어느 곳에나 간다. 나는 아버지의 말씀을 들으면 지금 언제쯤에 머물러 계신지 짐작할 수 있다. 방언처럼 그 당시에 했었을 법한 말을 하시기 때문이다.

최근 아버지가 편찮으셨을 때다. 먼저 감기에 걸린 어머니로부터 전

염이 됐는지 기침이 심하고 열이 39도, 혈압은 190까지 올라 우리들은 바짝 긴장했다. 병원에선 연세가 너무 높아서 주사를 놓으면 쇼크를 일으킬지 모르니 약을 드시라고 했다. 한증막같이 뜨거운 더위에 체온까지 높으니 얼마나 괴로우실까. 그럼에도 에어컨은 물론이고 선풍기도 틀지 못하게 하셨다. 춥다는 거였다. 틈틈이 찬물로 습포를 해드리는 수밖에 없었다. 매제가 등의 땀을 닦아드리자 아버지가 한숨을 내쉬며 말씀 하셨다.

"내가 하는 일도 없이 왜 이러는지 모르겠다."

"네에?"

"일도 하지 않고 왜 너희들만 귀찮게 하는지 모르겠다고."

"무슨 일을 하시려고?"

우리는 얼굴을 마주보고 '기가 막히다'는 표정을 주고받았다. 내가 말했다.

"아버지, 무슨 말씀을 하시는 거예요. 여태 열심히 살아오신 아버지가 무슨 일을 또 하신다고. 말도 안 돼요."

그러나 아버지는 그 반론에는 대꾸도 하지 않고 한숨만 쉬는 것이었다.

문득 몇 달 전에 찾아뵈었을 때 일이 떠올랐다. 아침을 다 먹고 났을 때다. 아버지는 느닷없이 어머니에게 우리가 지금 무슨 돈으로 먹고 사느냐고 물으셨다. 어머니가 '당신 앞으로 연금도 나오고 애들이 용돈도 주고 해서 먹고 사는 데에 불편이 없다'고 대답을 하자 '내게 무슨 연금이 나오냐'며 믿으려 하지 않았다. 그러면서 수심이 가득한 표정이었다. 어머니는 어리둥절해 하는 내게 아버지의 저 '걱정'이 지금 일주일도 더 되었다고 했다. 나는 아버지의 걱정을 덜어드리고 싶었다.

"아버지, 아버지가 초등학교 교장선생님이었던 것 아시죠?"

"그럼, 내가 교장을 했지."

"총각 때 저어기 경상도 영주에서 초등학교 교사로 시작해서 서초구 언북교 교장으로 정년퇴직하실 때까지 사십 몇 년을 교육공무원을 하신 것도?"

"그랬지."

"봉급봉투 받으면 이거저거 떼는 게 많았잖아요. 그 중엔 나중에 퇴직 후에 돌려받게 될 연금 명목도 있었어요."

"……."

"그렇게 모인 돈이 큰 기금이 돼서 연금으로 돌려받는 거예요."

"……, 내가?"

"예."

"나는 받은 적이 없는데?"

그때 어머니가 끼어드셨다.

"내가 매달 요 앞에 농협에서 타오고 있잖우."

"그래?"

아버지는 고개를 갸우뚱하며 미심쩍어 하셨지만 더 이상 뭘로 먹고 사느냐는 질문은 하지 않으셨다. 그렇게 지나가나 보다 했는데 한 시간쯤 후 아버지는 어머니께 또 물으셨다.

"여보, 애들 등록금은 다 된 거야?"

어머니가 황당한 표정으로 내 얼굴을 보셨고, 나는 한 손으로 얼굴을 감싸며 고개를 떨어뜨리고 말았다.

"일을 해야 하는데……."

'아부지…….'

또 아버지의 타임머신은 우리들 대학 다닐 때에 잠시 멈춘 것이다. 더 자세히 따지면 그때 중에서도 오남매의 등록금을 낼 시즌이었나 보다. 다섯 중 셋 이상은 늘 대학생이었을 터이니 일 년에 두 번은 만만치 않은 목돈이 필요했을 것이다. 어머니와 맞벌이를 하셨더라도 그때의 박봉으로는 어림도 없었을 것이어서 따로 대출을 받기 전에는 힘들었을 것이 당연했다. 당시에는 방이 모자라서 아들 중에 막내였던 나는 부모님 방에서 같이 잤다. 나는 그 바람에 부모님이 걱정하는 소리를 수도 없이 들어야 했다. 새벽에 깨신 아버지 어머니는 소곤소곤 우리들의 등록금, 건강, 진학 등에 대해 상의를 하곤 했다. 그럴 때면 나는 숨소리도 내지 못했다. 마른침을 삼키며 그 걱정을 다 들어야 했다. 어쩌다 내가 깨어 있는 것을 눈치채면 일본어로 대화하시기도 했다. 그렇게 어려웠어도 자식에게는 숨기고 싶었는가 보다.

기쁘고 즐거운 일도 많은데 아버지의 타임머신은 왜 하필 그 어려운 시절에 머물러 있는가.

장가타령

"애, 성진인 장가 갔니?"

밥상을 차리는 나를 물끄러미 바라보던 아버지가 물었다. 성진은 나의 큰형님이다.

"그럼요."

아버지의 눈이 똥그래졌다. 믿기지 않는 듯 옆자리의 어머니를 쳐다보았다.

"걔가 애가 셋이우. 그 중에 둘이 결혼해서 손자가 지금 넷인데 장가 갔냐고 묻다니."

어머니는 어이없다는 듯 혀를 찼고 눈이 더욱 커진 아버지는 이번엔 작은형인 승진이는 장가를 갔느냐고 물었다.

며칠째 아버지의 관심은 '장가'다. 그제 아침 어머니와 티격태격했던 것도 아버지가 쉴 새 없이 장가를 보내달라고 졸라댔기 때문이다. 요즘 아버지에게 당신의 아내는 어머니가 되어 있다. 참다못한 어머니의 언성이 높아졌다. 70년을 나를 데리고 살아놓고 어느 년하고 눈이 맞았냐며 버럭 소리를 지른 것이다. 아버지는 뜨끔했는지 입을 꾹 다물었다. 나는 실실 웃음이 나왔다. 아버지의 표정이 시무룩했다. 산보라도 나가 분위기를 바꾸어 봐야겠다는 생각에 서둘러 하던 일을 마쳤다.

꽃을 유난히 좋아하는 어머니는 꽃만 보면 그 앞에서 떠날 줄 모른다. 그러면서 꽃 이름이 뭐냐며 그제도 묻고 어제도 물은 것을 또 물어본다. 그때마다 나는 처음인 듯 설명에 친절을 입히곤 한다. 어쨌건 예상대로 분위기는 밝아졌다. 지팡이를 짚은 두 분이 주거니 받거니 대화를 나누며 걷는 모습은 '아름다운 해로偕老'의 전형이다.

오가는 사람들이 인사를 하면 나는 짐짓 어머니의 옷매무새를 고쳐드린다거나 아버지를 부축해드리며 이분들의 아들이라는 것을 은근히 암시한다. 사이좋고 건재하신 두 분이 자랑스러운 것이다. 이제는 조금만 걸어도 숨이 찬 두 분을 근처의 벤치에 모신 후 나는 어머니가 좋아하는 꽃을 카메라에 담고 있었다. 잠시 후 어머니의 대갈일성이 터졌다. 화들짝 놀라 벤치 쪽으로 뛰어갔다. 어머니는 아버지를 노려보고 있었고 아버지는 황당한 표정이었다.

"나를 70년을 데리고 살던 사람이 무슨 장가를 또 가요! 도대체 어디다 계집을 감춰 놓은 거예요!"

벤치에 앉아 무슨 이야기를 저렇게 주고받나 했더니 아직 장가이야기에서 벗어나지 못하고 있었던 것이다.

오늘도 아버지는 장가타령으로 아침을 열었다. 안방에서는 '성진인 장가 갔느냐'는 아버지의 질문과 '벌써 갔다'는 어머니의 대답이 지치지도 않고 반복되고 있었다. 그러더니 아버지는 밥상을 차리고 있는 내게로 와 질문 공세를 편 것이다. 어머니의 시큰둥한 반응이 성에 차지 않았을 터였다.

큰형 다음엔 으레 작은형일 터이어서 작은형 딸이 아기를 안고 있는 사진을 스마트폰에 준비해놓고 있었다. 그것을 아버지에게 불쑥 내밀며 이 사람이 누구냐고 물었다. 아버지는 고개를 갸우뚱할 뿐 대답을 하지 못했다.

"수영이잖아요, 수영이. 수영이가 누구에요?"

"아! 수영이."

내 기세에 밀려 대답하긴 했지만 확신이 서지 않는 눈치였다. 수영인 둘째형 딸이고 이 애기는 다섯 달 전에 수영이가 낳았다고 말씀드렸다. 아버지는 놀란 표정이었다. 아니, 혼란스러운 표정이었다. 둘째형이 장가를 갔기에 딸이 있고 그래서 그 딸이 또 아기를 낳은 거 아니냐고 설명을 드리고는 아버지를 식탁에 앉힌 후 손에 수저를 쥐어드렸다.

"그렇군."

아버지가 수저를 받아들며 알아듣는 척했다. 아버지는 정말 이해를 한 것일까?

"너는 장가 갔니?"

아니나 다를까, 아버지의 질문은 내게로 넘어왔다. 나는 말없이 일어
나서 뒷벽에 걸린 달력을 한 장 넘겼다. 어머니도 아버지를 따라 나의
행동을 주시했다. 10월 달력이 젖혀지자 '태완 결혼'이라고 메모가 되어
있는 11일 칸을 짚으며 이날 내 아들 태완이가 결혼한다고 말했다. 아
버지는 대단히 놀란 표정을 지었다. 아버지보다는 치매 상태가 좀 낫다
는 어머니도 처음 듣는다는 표정이었다.

"오, 태완이가 결혼하는구나!"

몇 숟갈째 아버지는 반찬은 거들떠보지도 않고 국물만 떠드셨다. 그
러면서 골똘히 생각에 잠겨 있었다. 보다 못해 장조림을 집어 아버지 수
저에 올려놓았다. 그것을 아는지 모르는지 아버지는 옆자리에 앉은 어
머니를 슬쩍 돌아보았다.

"어머니."

억눌린 목소리였다. 아버지의 부인 신봉희 여사는 하루에도 열두 번
씩 아내에서 어머니로, 어머니에서 아내로 뒤바뀐다. 아버지 기억의 시
대적 배경이 언제냐에 따라 어머니의 역할은 달라진다. 어머니가 마지
못해 아버지 쪽으로 고개를 틀기는 했으나 표정은 여전히 곱지가 않았
다.

"왜요, 또!"

어머니의 목소리가 차갑고 짧게 끊어졌다. 아버지는 어머니의 눈치

를 잠시 살피더니 오랫동안 주머니 속에 숨겨둔 무언가를 꺼내놓듯 머뭇거리며 말했다.

"어머니, 저만 못 갔어요. 저도 장가 좀 보내주세요."

아들들도 다 장가를 갔고 아들의 자식들도 다 짝을 찾아 결혼식을 올리는데 정작 당신은 혼자인 것이다. 그런데도 어머니는 아무런 조치도 취해주지 않고 있다. 야속하다.

아버지의 표정을 얼른 살펴보았다. 금방이라도 울음보가 터질 듯했다. 나는 헛기침을 하며 슬며시 일어나 가스불에 국냄비를 올렸다. 내일은 잠시라도 아버지의 기억이 온전히 돌아와 평안해질 수 있을까.

국이 자글자글 끓었다. 나는 아버지의 식은 국그릇에 뜨거운 국물을 가득 채워드렸다.

아버지의 반항

점심을 먹고 나서 알까기를 세 판
했다. 요즘은 아버지의 반칙이 점점 심해지고 있다. 형과 내가 따지고
들면 '내가 그렇게 하겠다는데 무슨 참견이냐'며 심술까지 부리신다. 스
트레스를 많이 받고 있다는 신호다. 그렇다면 빨리 다른 놀이로 바꾸는
것이 좋다. 어머니는 알까기를 더 하고 싶은 눈치였지만 민화투놀이로
바꾸기로 했다.

화투를 칠 때 아버지는 집중도가 높다. 짝 맞추기도 실수가 없고, 끝
난 후의 셈도 잘한다. 여섯 판을 하고 나서 그냥 끝내기가 아쉬워 '운수
떼기'를 했더니 둘러앉아서 서로 훈수 두기 바쁘다. 바로 이 점을 노렸
다. 이렇게 해라, 저렇게 해라 주고받다 보면 두뇌운동이 될 것이다. 돌

아가며 두 번씩 운수를 떼어봤지만 오늘 따라 '운수 떼기'에 성공한 사람이 없다. 한 시간이 후딱 지나갔다. 형과 내기 알까기를 할까 생각하고 있는데 형이 상 위에 색칠하기 그림책을 펼쳐놓았다. 미술치료사를 하는 막내 여동생이 부모님의 치매치료를 위해 몇 년째 거르지 않고 가지고 오는 것이다.

어머니는 이 색칠하기 숙제를 좋아하지만 아버지는 싫어해서 서너 번 말씀을 드려야 마지못해 자리에 앉는다. 오늘의 그림은 신랑신부가 절하고 있는 전통혼례 모습이다. 여기에 자기 생각대로 색을 칠하면 되는 것인데 아버지는 어머니 것을 보고 그대로 칠하기 일쑤다. 형이 일부러 어머니를 늦게 시작하게 하려고 혈압을 재어드리며 시간을 끌었다. 그 바람에 아버지는 시작을 하지 못하고 있었다. 내가 채근을 했다.

"난 이거 할 줄 몰라. 네가 칠해라"

갑자기 아버지는 권위를 내세워 만만한 막내아들인 내게 명령했다. 왕년의 교장, 가장의 카리스마가 느껴졌다.

"안 돼요. 아부지. 혜숙이가 낸 숙제인데 제가 해드리면 안 되죠."

"혜숙이가? 아니 그년이 뭔데 아버지한테 숙제를 내!"

내게 말이 안 먹히자 아버지는 자리에 있지도 않은 막내딸을 윽박질렀다. 저 표정에 겁먹으면 아버지에게 계속 끌려 다녀야 한다.

"전 몰라요. 나중에 혜숙이가 뭐라 싫은 소리를 해도 편들지 않을 겁니다."

그 말에 아버지의 기가 한 풀 꺾였다.

"음……. 이거 무슨 색을 어떻게 칠하는 건지 당최……."

"제가 가르쳐 드릴게요."

나는 검정색 연필을 손에 쥐어드리며 신랑의 사모紗帽를 가리켰다.

"사모는 까만 색이니까요 이것부터 칠하시고요, 도포는 짙은 파랑으로 칠하세요."

아버지가 꼼꼼하게 검정색을 칠하고 있는 것을 보고 막간을 이용해 친구와 통화를 하려고 내 방에 들어갔다. 십여 분간 통화를 하다가 궁금해서 전화기를 든 채 나와 보았다. 어머니는 고운 색으로 잘도 칠하고 있는데 이게 웬일인가? 아버지는 신랑을 머리부터 발끝까지 온통 검은 색으로 칠해 버렸다. 신부는 손도 안 댔다. 이건 신랑이 아니라 저승사자다.

"아니 이게……."

내가 깜짝 놀라자 맞은편에서 숙제에 열중하고 있던 어머니가 아버지 것을 넘겨다보더니 사정없이 면박을 준다. 식구 중에서 아버지를 야단칠 수 있는 유일한 사람이다.

"그게 뭐에요. 경사스러운 날에 신랑을 그렇게 시커멓게 칠해놓다니."

제 방에 있던 형이 나와서 보고는 낄낄거리며 한마디 보탰다.

"히히히. 다문화가정의 혼인식이구만."

"그럼 다시 고쳐요. 그게 뭐에요, 숭업게."

어머니나 아들들이나 한통속으로 기가 막힌다는 반응을 보이자 아버지가 미간을 찌푸렸다. 표정이 완전히 굳었다. 어린 시절 우리를 야단

치실 때의 바로 그 표정이었다. 어머니의 압력은 대개 잘 먹혀 왔지만 오늘은 어쩐지 그렇지 않을 것 같았다.

"안 해!"

"혜숙이한테 혼나요."

"나는 그게 좋아 그렇게 칠했다고. 결혼식 날은 진한 정장을 입잖아. 내 맘대로 칠하라고 해놓고……."

"이건 우리나라 전통 복장이니까 거기에 맞게 칠하셔야죠."

"난 그렇게 입는 게 좋다구. 정 그러면 네가 고쳐!"

저항이 워낙 완강해서 포기하고는 내가 수정하기로 했다. 아버지의 자존심을 이렇게라도 지켜드려야 할 것 같아서다. 도포에 파란 색으로 진하게 덧칠을 했다. 그리고 도포 흉배의 둘레를 빨간색으로 칠하니 색감이 조금 살아나는 것 같았다. 그것을 가만 들여다보는 아버지 얼굴에 미소가 살아났다.

"오호, 그러니까 좋아 보이는구나."

신부의 얼굴을 물끄러미 바라보던 아버지가 살구색 크레파스를 꺼내 들었다.

어머니의 기억

부모님이 감기로 고생하신다고
해서 식전에 막내 여동생 집으로 문병을 갔다. 부모님은 큰형의 칠순 잔
치 이후 거처를 막내 여동생 집으로 옮겼다. 동생은 아침을 차리느라고
바빴고 부모님은 TV를 보고 계셨다.

정전 60주년 특집 프로가 방영되고 있었다. 당시 종군했던 기자들과
UN군으로 참전했던 외국인들이 출연해서 백발이 성성한 모습으로 당
시를 회상하고 있었는데 아버지는 그들의 회고담을 열심히 듣고 계셨
다. 요즈음 아버지의 상태가 저런 이야기를 이해하실까? 나는 고개를
외로 꼬고 아버지를 바라보고 있었다. 반찬을 준비하던 막내 여동생이
나의 그 모습을 보았는지 내게 슬쩍 귀띔했다.

"왜? 열심히 보시는 거 같지? 그런데 보는 게 보는 게 아닌 것 같애. 수십 년 반복되어온 몸의 기억에 순응할 뿐이라는 생각이 들어. 아침식사를 기다릴 때엔 신문을 본다든지 TV를 봐야 한다는 거지. 무슨 내용인지는 중요하지 않아. 한 번은 신문을 보시는데 페이지를 넘기거나, 자세를 바꾸질 않으시더라구. 좀 이상한 생각이 들어서 관찰을 해보니 한 시간째 같은 면인 거야. 직접 모시면서 지켜보니까 일어나면 화장실을 가고, 세수를 하고 그리고는 거실에서 신문을 보다가, 다 봤다고 생각되면 TV로 아침뉴스를 보시는 거지. 내가 밥을 다 차린 후 '아침 드세요'라고 하면 식탁으로 와서 식사를 하시는 이런 일상적 행동들이 어떤 의지에 의해서가 아니라 평생 반복되어온 학습의 결과라는 생각이 드는 거야."

그 말을 하는 막내 여동생의 표정이 슬퍼보였다. 과연 그런 것인가? 내가 분가하기 전에 아버지는 이른 아침 마루에서 신문을 보셨다. 내가 곁에서 신문을 들여다보면 다 읽은 페이지를 내게 '옛다' 하며 넘겨주시곤 했었다. 그러면 나도 아버지 옆에서 똑같은 자세로 신문을 보곤 했었는데.

나는 먹먹한 마음으로 아버지의 그 모습을 바라보았다. 그리고 어머니는 좀 어떠신 것 같냐고 물었다. 최근에 부모님 댁에 다녀오자마자 잘 도착했다고 전화를 드렸는데 5분도 안 돼서 전화를 해서는 왜 전화를 하지 않느냐고 꾸짖은 적이 있어서다.

"엄마? 요즘 우리가 아버지에게만 신경을 쓰느라고 엄마한테는 소홀

해서 그렇지 은비아빠 얘기로는 치매가 무지 빠르게 진행되고 있는 것 같다네."

"그러게. 그러신 것 같았어."

그때 어머니가 내 쪽을 보며 크게 말했다.

"저 때 말이다."

나는 바로 대답하며 어머니의 곁으로 뛰어갔다. TV 화면엔 남부여대의 피난민들이 행렬을 이루고 있는 장면이 방영되고 있었다.

"저 때, 네 아버지는 나라를 지켜야한다며 방앗간 연수 아저씨와 제2국민병으로 자진 입대를 했고 나는 친정식구를 따라 피난을 갔단다. 준비를 하느라고 너희들에게 옷을 입히는데 할머니가 씨를 다 말릴 작정이냐며 제대로 걷지 못하는 너는 당신이 데리고 있겠다고 하시지 뭐니."

그때의 이야기를 하시려나 보다. 그때 외삼촌이 걷지도 못하는 막내놈을 데리고 가면 고생이라고 그냥 두고 가라고 하셨다고 들었다.

"아니, 어머니. 제가 알기로는 외삼촌이 저 놈까지 고생스럽게 어떻게 데리고 가냐며 그냥 두고 가라고 하셨다면서요."

"외할아버지 형제분이 많잖니. 피난 갈 때였다면 셋째 외할아버지가 왔다가 할머니 말씀을 거들었을 거야."

"그랬구나. 난 여태 외삼촌이 그러신 줄만 알고 미워했었는데. 그래서요?"

"그러니 너를 두고 갈 수밖에 없었지. 아버지가 돌아왔을 때 아무도 없으면 안 되니까 할머니랑 시댁식구들 일부는 남았었거든. 인숙이는

옥분이라는 친척 누나에게 업히고, 양손에는 성진이, 승진이를 잡고 남쪽으로 남쪽으로 걸어가는 거야. 나는 발걸음이 떨어지지 않아서 연신 뒤를 돌아봤어. 대代가 끊기면 안 된다는 할머니의 말씀을 거역할 수도 없고, 또 그 말씀이 틀린 말씀도 아니고…….

어머니는 마치 지금 피난을 가고 있는 것처럼 허공을 응시하며 말을 이어나갔다.

"산소 옆에 포대기째 싸서 버린 아기도 봤고, 누군가 버리고 간 재봉틀을 주워들고 가다가는 무거워서 다시 버리고 가는 사람, 별의별 사람들을 다 봤지. 며칠 만에 충청도 진천 어느 농가 담배건조실에 짐을 풀고 잠을 자려니 잠을 이룰 수가 없더구나. 마냥 손가락을 빨 줄 밖에 모르는 네 생각에 밤을 하얗게 새우고 새벽에 식구들 몰래 나와 다시 서울 쪽으로 걸었단다."

"혼자서요?"

"아니야. 외숙모도 두고 온 아이들 걱정으로 안절부절못했지. 그래서 같이 갔어. 거기가 어디라고 여자 혼자 가겠니? 단출하게 혼자만 가면 그렇게 고생도 하지 않았을 텐데 인숙이랑 형들을 다시 또 다 데리고. 모두들 증조부모 모시느라 우리 애들 봐줄 형편이 안 됐거든. 그나저나 그때는 너희들 누구하고도 안 떨어지고 그냥 같이 가야겠다는 생각뿐이었지. 하룻밤 만에 다시 인숙이는 업히고 형들은 양손에 잡고 올라간 거야. 그때 신발이나 벤벤했니? 발은 까져서 피는 나고, 아프고. 멀리서 쿵, 쿵 포 쏘는 소리는 나고. 얼마나 걸었는지 몰라. 그래도 그렇게 며칠 걸으니 뚝섬 벌판이 나오더라. 저 멀리 사람들이 하얗게 내려오는데 중간에서 민메기[面牧] 사람들을 만났지. 서로 사람들 소식을 주고받다가 우리더러 왜 올라오느냐는 거야. 중공군이 벌떼처럼 밀고 내려온다고 해서 도망가는 건데. 그래서 널 데리러 간다는 얘길 했지."

막내가 요거트를 가지고 와서 잠시 이야기는 중단됐다. 옛날 일을 이렇게 기억하시는 걸 보면 아직은 괜찮다 싶었다. 우리가 공연한 걱정을 하는지도 모른다.

"그래서요. 그래서 또 망우리까지 가신 거예요?"

"아니! 그랬더니 그 사람들 말이 저 뒤에서 망우리 사람들을 본 것 같다는 거야. 그 얘기를 듣자마자 앞으로 가면서 내려오는 사람들을 살피며 두리번거렸지. 글쎄 저만치 네 고종, 강규 형이 너를 업고 오는 게 보이더구나. 먼발치에서도 업힌 채 엄지를 빨고 있는 게 너구나 싶더라. 한달음에 달려가 너를 끌어안고 그냥 엉엉 울었어."

"나도 웁디까?"

"네 녀석이 울긴 뭘 울어? 눈만 꿈벅꿈벅하고 있더라."

어머니는 그윽한 눈빛으로 나를 바라보았다. 육십 몇 년 전 뚝섬 벌판에서 기적처럼 만난 '눈만 껌벅거리던 막내아들'을 보는 눈빛이 저랬으리라. 어머니의 그윽한 눈빛에 예순일곱의 나는 순식간에 세 살짜리 아이가 되어 버렸다. 갑자기 어리광이 부리고 싶어져서 '엄마야~' 하며 품에 바짝 파고들었다.

"이 녀석아 떨어져. 감기 옮는다. 아버지 고생하시는 거 봐라."

"괜찮아요. 그깟 감기 나한테 다 줘버려요."

그런데, 조금 후에 어머니는 그 이야기를 또 하는 거였다. 이상해서 고개를 돌려 어머니를 바라봤다. 순서며 지명이며 사람들의 이름이며 거의 틀리지 않았다. 어머니의 표정이 어찌나 천연덕스럽던지 차마 '조금 전에 했잖아요'라면서 말허리를 자를 수 없었다. 아니, 마음을 바꿔서 연신 맞장구를 쳐드렸다.

사람의 기억이란 게 참 신비로운 것이다. 60여 년 전 일은 생생하게 기억하면서 그 이야기를 방금 했다는 사실은 기억을 못하니 말이다. 어머니가 세 번째를 되풀이 하는 중에 막내 여동생이 '밥 다 차렸으니 오시라'고 부르지 않았다면 몇 번이라도 더 하셨을 것이다. 열 번인들 못 들어 드릴까. 영영 헤어질지도 몰랐을 자식이 지금 품안에 있음에랴.

어머니는 이제 또 나를 두고 먼 길을 떠나셔야 할지 모른다. 어머니가 그 옛날 위험을 무릅쓰고 나를 찾아왔듯이 이제는 내가 어머니를 찾아나서야 하는데 나는 어디로 찾으러 가야 한단 말인가.

느리게 드시는 까닭은

아버지는 식사를 무척 느리게 드신다. 보통 느린 것이 아니다. 울화통이 터질 정도다. 그렇게 이야기를 하면 비이성적으로 들릴지 모르니 좀 더 구체적으로 표현해 보자. 같이 드시는 어머니는 넉넉잡아 10분 내에 식사를 끝내신다. 그에 비해 아버지는 30분에서 길게는 한 시간까지 드신다. 많이 드셔서 그런 게지 하고 생각할지 모르나 양은 어머니와 똑같다. 한 공기의 삼 분지 일쯤이 두 분의 정량이다.

그 사실을 직접 모시면서 비로소 알게 되었다. 결혼 전까지 슬하에서 한솥밥을 먹었으니 느리게 드신다는 것을 익히 알 만도 한데 당시엔 내가 밥을 차리고 치우지 않아서였는지 전혀 기억에 없다. 연로하시면서 생긴 습관일까? 그런데 식사뿐이 아니다. 식후에 과일을 깎아 드린다. 보통 사람은 두 번 내지 네 번에 나누어 먹을 한 쪽을 아버지는 십여 회로 나누어 드신다. 오죽 답답했으면 그것을 세어보기까지 했을까. 세상에나 아버지는 사과를 1~1.5센티미터씩 끊어 드셨다. 이제야 울화통이 터질 정도라는 데에 수긍하시겠는가? 혹자는 그럴 것이다. 그냥 편하게 두지 노인네가 좀 느리게 드시는 걸 가지고 뭘 그리 호들갑이냐고. 오우 노우! 디저트가 끝 순서라면 나도 그러겠다. 그 후에는 약을 드셔야 한다. 약을 드셔야 비로소 다음 일을 하든지 내 일을 볼 수 있다.

느리게 드신다는 것은 오래 씹기 때문이고 오래 씹는 것은 건강상 좋다는 것이 증명되었다. 그래서 장수하는 것인데 그렇다면 혹시 오래 사는 것을 바라지 않는 것이냐라고 묻는다면 할 말이 없다. 다만 어머니는 번개에 콩 구어 먹듯 드셔도 장수하고 계시다는 말밖엔.

아버지가 느리게 드셔도 더 이상 조바심을 내지 않기로 마음먹은 것은 수일 전이다. 몇 번을 식탁에 가 아버지 밥그릇을 들여다봐도 밥알을 세어 드시는지 여전히 밥이 남아 있었다. 아버지는 느긋이 눈을 감고 계속 씹고 있었다. 웃으며 여쭤봤다. 아버지는 군대생활을 어떻게 하셨대요? 그렇게 느리게 드셔가지고. 이런 불경스런 아들이 어디 있는가. 아버지는 가늘게 눈을 뜨더니 말씀하셨다.

"군대생활? 나 그런 거 몰라."

모르시다니, 6 · 25 때 제2 국민병으로 방어진까지 걸어갔다는 이야기를 수십 번도 더 들었구만. 이때 일찌감치 식사를 끝내고 소파에서

TV를 보던 어머니가 끼여 드셨다.

"당신이 군대를 왜 안 가요? 저기 당신하고 동갑인 방앗간 연수 씨하고 같이 갔잖우. 주먹밥을 주면 그걸 주머니에 넣고 한 알씩 떼어 먹었다며."

처음 듣는 이야기가 아니었는데, 아니 6·25 얘기만 나오면 덤처럼 듣는 이야기였는데 이날 따라 호기심이 불쑥 인 것은 주먹밥을 한 알씩 떼어 먹었다는 말 때문이었을 것이다. 전시戰時라는 절대절명의 열악한 여건 하에서 아버지는 그렇게 느린 속도로 식사를 하며 어떻게 버티어 냈을까? 인터넷에 들어가 검색란에 '제2 국민병'을 치고 들어갔다. 그리고 서너 시간 동안 거기서 헤어 나오지 못했다.

덕소에서 초등학교 교사를 하고 있던 아버지는 6·25 당시 서른네 살의 네 아이를 둔 가장이었다. 1950년 12월 15일 군경과 공무원이 아닌 만 17세 이상 40세 이하의 장정을 제2 국민병에 편입하고, 이들 중 학생이 아닌 자는 지원에 의해 국민방위군에 편입한다는 골자의 '국민방위군 설치 법안'이 통과된 사흘 후 마을 벽보에 다음과 같은 공고문이 붙는다.

공고/ 제2 국민병 해당자는 좌기 각항을 준수할 것. 1. 신체검사 통지서를 영수한 제2 국민병으로서 정당한 이유 없이 불응할 시는 병역법 제74조에 의거하여 2개월 이하의 징역에 처한다. 2. 정당한 이유가 있다고 인정되는 자라 할지라도 신체검사 통지서를 영수한 3일 이내에 신체검사를 받아야 하며 불응시에는 제1항에 준한다.

전시에 이를 어길 배짱이 있는 사람이 있을까? 당시 이에 해당되는 병력은 50만 명이 넘었다고 했다. 이승만정권은 국민방위군사령부를 두고 사령관(준장급)에 군 경력이 전혀 없는 대한청년단 단장이던 김윤근을 앉혔다. 김윤근은 당시 국방장관이던 신성모의 사위였다니 짐작이 갔다. 아니나 다를까 이들은 급히 책정된 예산이 자기 주머니의 돈인 양 마구 써댔다. 이북에서 넘어온 사람들과 서울 경기지방에서 징집된 병력은 제주, 경남지역에 분산된 50여 개의 교육대를 도보로 찾아가야 했는데 엄동설한에 군복도 지급받지 못하고 한 끼니에 주먹밥 하나로 때워야 했단다. 목적지에 도착하기도 전에 10만 명 내외의 동사자와 아사자가 속출했고 이의를 제기하면 빨갱이로 몰려 맞아죽기도 했다.

이 죽음의 행렬은 '해골의 행진'으로도 불리었다는데 이 참상을 목격한 야당의원들이 문제화하여 즉시 '국민방위군 의혹사건 국회 특별조사위원회'를 결성, 조사에 착수하여 비리를 밝혀냈다. 연루자 다섯 명이 사형당하는 것으로 막을 내린 이 사건은 한국전쟁 당시 가장 수치스러운 사건으로 기록되어 있다. 총 한 번 메어보지도 못하고 굶어 죽고 얼어 죽은 사람이 열에 두 명 꼴이었으니 아연실색할 일이다. 50만 대군의 군대가 반 년도 못 가 해체되었다니 난센스도 이런 난센스가 없다. 그 사지死地에서 아버지는 한 알씩 아껴가며 주먹밥을 먹음으로써 목숨을 부지할 수 있었던 것이다.

저녁 밥상에서 아버지가 수저를 드시는 것을 보며 새삼스럽게 말씀을 드렸다.

"아버지, 6·25때 진짜 고생 많이 하셨더군요. 이젠 진지 마음껏 천천히 드세요. 늦게 드신다고 뭐라 하지 않을게요."

"허허 고생이라니. 그런 적 없는데. 전쟁이 너무 오래 끌어. 이젠 끝냈으면 좋겠어."

아버지에게는 아직도 '지금은 전쟁 중'이었다. 목울대가 뻐근해져서 전쟁이 끝났다는 말씀을 드리지도 못하고 침만 꿀꺽 삼켰다.

대통령의 사진

대통령이 싱가포르로 조문을 갔을 때 영접을 나온 싱가포르 관리가 민재(형의 딸)의 신랑이니 뉴스를 보면 부모님께 말씀드리라고 형이 전화를 했다. 인터넷에서 그 장면을 찾아 프린터로 뽑아 부모님에게 설명을 드렸다. 어머니가 반색을 하는데 아버지는 잘 알아듣지 못하는 눈치였다. 벽에 붙어 있는 에릭의 사진을 찾아 보여드렸다. 그제야 납득을 하시는 척했다.

어머니는 그 사진을 벽에 붙이자며 붙일 자리까지 정해주셨다. 맨 위에 조부모가 함께 찍은 사진이 있고 그 밑으로는 부모님의 결혼사진이 있다. 그리고 비껴서 아래쪽에 형네 가족사진이 있는데 그 아래 붙어 있는 손자 사진을 떼어 옮기고 대통령을 수행하고 있는 에릭 사진을 붙였다. 우리의 혈연이 아닌 사람이 벽면에 붙은 것은 처음이다. 그렇다고 해서 대통령을 빼고 에릭의 사진만을 붙이는 건 의미가 없는 일 아닌가.

얼마쯤 지났는데 어머니가 사진을 바꿔 붙이자고 했다. 대통령을 가족사진들 중간에 놓을 수는 없다는 것이다. 어머니가 가리키는 위치는 조부모와 부모 사진 중간이었다. 나는 이 벽면은 어디까지나 가족이 중심이어야 한다며 반대했고 어머니도 수긍하시는 듯했는데 삼사십 분쯤 후에 어머니는 그 이야기가 한 차례 논의되었었다는 사실 자체를 잊어버리고 또 거론하는 것이었다. 반대의 이유를 다시 설명 드렸는데 이번에 어머니의 주장은 완강했다. 옛날 사람인 어머니에게 대통령은 국모의 개념이었던 것이다.

내가 재차 설명을 하자 반박할 논리를 찾지 못한 어머니는 아버지에게 판결을 구했다. 모자간에 논쟁의 원인도 모르고 TV 프로인 〈동물의 세계〉에서 사자들 간에 벌어진 영역싸움에 빠져 있는 아버지에게 말이다. 그러나 논쟁의 시말을 듣고 신중히 생각하시던 아버지는 내 손을 들어주셨다. 삼진이의 주장이 타당하다는 것이다.

그러나 그 다음에 하신 말씀에 나는 기가 막혔다. 이 집안의 권력이 삼진이에게 있다는 것이다. 치매가 맞는지 의심이 가는 상황인지능력이었다. 그 말씀은 어떻게 하는 것이 합리적인 것인지가 아니라 권력자의 말이 법이라는 것이다. 권력이라니. '휘두른다'는 동사가 세트처럼 따라붙는 그 권력? 아니 내가 부모에게 요즘의 유행어처럼 '갑질'이라도 했다는 말인가? 치매의 아버지가 권력이라고 느낄 만한 언행을 한 적이 있었는지 기억을 더듬었다.

아버지의 섬망 증세가 극심할 때면 짜증이 나서 함부로 떠들었던 몇 건의 기억들이 떠올랐다. 물론 금세 잊어버릴 것이라고 생각했다. 부모님을 모신다고 효자나 된 양 위선을 떨면서 좀 힘들다고 함부로 마구 해댈 때마다 아버지나 어머니의 표정이 미세하게 변하는 것을 보지 못한 건 아니었다. 낯이 뜨거워지는 순간이었다. 요양원의 찌든 간병사와 다를 일이 뭐란 말인가.

TV에서는 〈동물의 세계〉가 끝났는지 엔딩 자막이 올라가고 있었다.

십 분쯤 지나 저녁을 준비하려는데 아버지가 어머니에게 걱정스레 물었다.

"사자들이 아파트 안에서 저렇게 어슬렁거려도 되는 거요?"

어머니가 어이없다는 표정으로 나를 돌아봤지만 나는 웃을 수 없었다.

셰프가 되다

부모님과 함께 산 지 열 달이 다
되어 간다. 내가 본가로 들어가겠다고 했을 때 주변 사람들의 우려는 생
각보다 컸다. 집사람과 함께 가는 것이 아니라 혼자였기 때문이다. 칠
십이 내일 모레인 남자가 초고령의 부모님을 모시고 살림을 한다는 것
이 부모형제는 물론 다른 사람들에게도 염려가 되었던 것이다. 하지만
나는 자신이 있었다. 사업에 실패하고 산 속 오두막에서 산 세월이 결
코 헛되지 않을 거라는 믿음이 있어서였다.

그런데 부모님을 모시기 시작하자 예기치 못한 어려움들이 튀어 나
왔다. 어머니의 입이 짧아서 웬만큼 좋아하는 반찬이 아니고는 한 번 상
에 올랐던 것은 전혀 손대지 않았다. 식탁 가득 밑반찬과 국과 찌개가

있어도 어머니의 젓가락은 방향을 잡지 못했다. 매운 것을 전혀 못 드시는 반면 단 것을 좋아하셨다. 찬이고 국이고 김치고 달지 않은 것에는 손을 대지 않으셨다.

아버지는 음식을 가리지는 않았다. 그러나 반찬을 수저에 올려드리지 않으면 국물만 드셨다. 밥 한 술에 국 한 술이었다. 그럼에도 불구하고 어머니가 무슨 반찬이라도 집어 드시면 그 반찬그릇을 어머니 앞에 옮겨 놓아야 직성이 풀렸다. 대단한 애처가이다. 이 같은 문제는, 어머니의 편식이라든가 아버지가 자신의 의지로는 찬이 아무리 좋아도 드시지 않는, 하루 이틀에 끝나는 일이 아니라는 것이다. 산에서 거의 서바이벌 수준으로 식생활을 해결했던 경험으로 노부모의 하루 세 끼를 책임진다는 것은 말이 안 되는 거였다.

노약하고 소식하는 부모님에게 맞는 음식은 무엇일까? 거기다 두 분은 평생을 검박하게 살아오신 분들이어서 식도락과는 거리가 멀었다. 숱한 시행착오를 거듭했다. 인터넷에서 조리법을 찾아 만든 음식을 드시는 반응을 살피기를 몇 달. 몇 수저 먹어보지도 못하고 음식물쓰레기로 버려진 반찬이며 탕요리가 죄스럽다. 컴퓨터 바탕화면엔 아예 '레시피'라는 파일을 만들어 깔았는가 하면, 스마트폰에도 두어 가지의 레시피앱을 찾아 띄워 놓았다. 모임이나 만남에서 식당엘 가면 나오는 음식을 들여다보며 무엇으로 어떻게 만들었는지를 따져 물어 일행들에게 웃음거리가 되기도 했다.

그 즈음에 대장 내시경 검사를 받았다. 이상이 없다는 판정을 받자 긴장이 풀렸는지 배가 몹시 고팠다. 보호자로 따라온 매제가 전문 죽식당으로 나를 데려갔다. 두 끼 굶은 티를 톡톡히 내며 적지 않은 죽을 단번에 먹어치웠다. 맛이 꽤 괜찮았다. 시장했던 것이 해결되니 틀니 때문에 씹는 것이 불편한 어머니가 생각났다. 때때로 영양죽을 만들어 드리면 좋겠다고 생각했다. 영양죽은 각종 영양분을 골고루 배려할 수 있고 잡다한 찬이 필요 없으며 틀니로 인한 불편함에서 벗어날 수 있으리라. 물을 조절하면 죽에서 영양밥까지도 가능하지 않은가. 나는 영양죽에 꽂혔다.

인터넷 검색을 했더니 레시피가 수십 가지 떠 있었다. 여러 가지 레시피 재료 중에 사용빈도가 높고 가격이 저렴한 호박, 당근, 부추, 표고 등을 골랐다. 재료는 계절 따라, 융통성 있게 변화를 줄 수도 있다. 거기에 돼지고기도 끼워 넣었다. 돼지고기는 다른 육류에 비해 필수 지방산과 비타민, 아연이 풍부해 중금속 배출 효과가 커서 미세먼지가 심한 요즘에 맞춤이다.

오메가3가 풍부하게 들어 있고 비타민 및 식이섬유가 많다는 호박을 썰어 냄비에 넣었다. 면역력을 높여주는 베타카로틴이 풍부한 당근, 고혈압에 좋다는 표고도 손질하여 채를 썰어 넣었다. 강한 생명력이 자랑인 부추는 단백질, 섬유질, 비타민과 칼슘, 철 말고도 많은 영양소를 함유하고 있다. 부추는 당질의 대부분이 포도당과 과당으로 우리 몸에 흡수되지만 축적되지는 않기 때문에 좋다. 압력솥에 미리 불려놓은 쌀을 넣고 준비된 재료를 담아 뒤섞었다. 마지막으로 참기름, 통깨를 넉

넉히 넣고 꽃소금으로 간을 했다.

한 시간쯤 지나자 죽이 완성되었다. 맛을 보니 제법이다. 매제가 사 줬던 전문 죽집의 죽보다 되게 되어서 좋았다. 반찬은 김과 잘게 썬 깍 두기가 전부다. 하지만 식탁은 여느 식사 때보다 그럴 듯했다. 그런데 웬일인가. 어머니가 차린 밥상을 보더니 '아침부터 웬 죽'이냐며 심드렁 했다. 어조語調에서 느껴지는 죽에 대한 인식, 즉 병약한 환자나 먹는 음 식이라는 것이 느껴졌다. 간과했던 부분이었다. 일단 드셔보라며 권했 다. 어머니 눈치만 보던 아버지가 내 말에 한 수저 드시더니 눈이 똥그 래졌다.

"맛이 어때요? 첫 작품 품평시간입니다. 말씀을 해주셔야 보완을 하 죠."

"맛있다. 음, 맛있어."

그때서야 어머니도 드시고는 '무얼 넣어서 이리도 맛이 있느냐'며 환 하게 웃으셨다. 나는 재료의 효능과 영양 정보를 설명했다. 죽이 환자 만 먹는 게 아니라 엄연히 건강식 중 하나라는 사실도 강조했다. 뭘 알 고 먹을 때 식욕도 더 생기고 맛도 더 잘 느낄 것이라는 생각에서였다.

인터넷에 떠 있는 요리의 레시피만으로 부모님 입맛에 맞추기는 쉽 지 않았다. 치매의 부모님 입맛을 맞추는 일은 더더욱 쉬운 일이 아니 었다. 여성들이 수십 년 주방에서 헤어 나오지 못해도 수월치 않은 것 이 요리라는데, 하룻강아지가 범 무서운 줄 모르고 까분 격이다.

아침부터 부산을 떨었는지 개수대 가득 설거지거리다. 죽 하나 끓이는 데 난장판이 따로 없었다. 시계를 보니 벌써 점심을 준비해야 할 시간이다.

큰형 내외가 왔다. 한 솥 가득한 죽을 보이며 함께 하자고 했다. 형수는 맛도 보지 않고 이런 것도 만들 줄 아냐며 감탄을 한다. 손자들 이유식으로 좋겠다며 레시피를 궁금해 했다. 메모지를 받아든 형수는 칠성급 호텔 셰프 저리가라라며 오른쪽 엄지손가락을 치켜세웠다.

첫 도전에서 성공했다. 일주일에 한 번쯤은 죽을 해드려야겠다. 다음은 효심 깊은 정조가 화성행궁으로 행차했을 때 기나긴 원행으로 허약해진 어머니 혜경궁 홍씨를 위해 끓였다는 '삼합미음죽'을 만들어봐야겠다. 해삼, 홍합, 쇠고기 등의 재료가 벌써 입맛을 돋운다.

늙을 수 없는 절대적인 이유들

한복용/ 수필가

구순 부모를 위해 수필집 출간을 서두르다

김삼진 선생으로부터 첫 수필집 『나는 늙지 않는다』의 발문을 써달라는 제의를 받은 후 나는 거의 보름 동안 아무 일도 손에 잡히지 않았다. 왜 하필 나인가? 주변에 훌륭한 평론가나 수필가도 많은데……. 의외였고 나로선 쉽지 않은 일이기도 했다. 하지만 그는 그만한 이유를 충분히 설명해 주었다. 생각해둔 평론가가 있었지만 이번 일은 시간이 촉박하다는 것과 아버지의 연세가 점점 높아지니 건강 또한 위중하다는 것이었다. 첫 책을 되도록 완전하게 출간하고 싶은데, 미루다가 후회할 일이 생길 것 같아 서두르게 되었다며 출력한 작품의 일부를 나에게 건네주었다. 하루라도 빨리 아버님의 손에 자신의 수필집을 들려드리고 싶다는 것이 그의 소망이었다. 그의 뜻은 단호했고 나는 그 눈빛을 더는 외면할 수 없었다.

김삼진 작가는 2014년 6월 말에 연로하신 부모님을 모시고자 홀로 하남시의 본가로 들어갔다. 다른 형제들은 부모님과 생활한 시간이 많았지만 본인은 막내아들이라는 점과 사업을 한다는 핑계로 기념일이나 명절에만 부모님께 얼굴을 비치는 정도였다고 한다. 연로한 부모님께 한 번도 속죄의 마음을 보여주지 못한 불효자라고 했다. 어쩌면 지금이 부모님을 모실 마지막 기회일지도 모른다는 생각이 스치자 아내와 상의 후 하남행을 결정했다는 것이다. 아내를 남겨두고 혼자 본가로 들어가는 그를 두고 형제는 물론 주변에서도 우려가 깊었다.

하지만 그에게도 이유가 있었다. 자신만 바라보며 평생을 보낸 아내에게 늦게나마 자유를 주고 싶었다. 환갑이 넘은 그의 아내는 김포 집과 하남 본가를 오가며 청소와 빨래, 밑반찬 등을 챙긴다. 집사람이 다녀가면 집안이 달라진다고 하며 그는 연신 웃었다.

선생은 가끔 앞치마를 두른 모습이며 찬거리를 다듬는 사진을 내게 보내온다. 사진 속에는 선생의 부모님도 가끔 주인공으로 등장한다. 두 분이 마주 앉아 나물을 다듬거나 콩을 고르거나 밤을 깎는 모습들이다. 어떤 땐 낮잠 자는 모습을 담아 보내 7년 전 부모를 먼저 떠나보낸 나의 가슴을 울리기도 했다. 선생의 부모님은 당신의 아들이 여느 파출부보다 훌륭하다며 칭찬을 아끼지 않는다고 한다. 그 덕에 다른 형제들의 생활도 다소 자유로워졌음은 물론이다. 선생은 그런 점을 노렸노라고 우스갯소리를 하곤 한다.

중독성 있는 풍자와 해학 돋보이는 수필들

작가의 아버님 연세는 올해 99세이며 어머니는 94세이다. 두 분 다 알츠하이머를 앓고 계신다. 그나마 어머니는 초기 단계라고 한다. 교육자였던 부모님은 3남 2녀의 자녀를 두었다. 선생은 셋째아들이며 아래로 여동생 둘이 있다. 1년 전까지만 해도 선생은 서울 노량진에서 고시원 총무 일을 했다. 달마다 날을 정해 새벽에 길을 나서 노부모와 조찬을 하곤 했다. 언젠가는 부모님을 만나고 돌아오는 길에 느낀 심정을 「나를 울려주는 봄비」라는 수필로 발표해 많은 이들의 심금을 울린 바 있다. 그 외 「아버지의 마지막 친목회」, 「탈출」, 「어머니의 기억」, 「아버지의 반항」, 「장가타령」 등은 작가가 얼마나 부모님께 사랑을 받고 살아왔는지, 지금은 어떤 생활을 하면서 두 분을 모시고 있는지를 잘 드러낸 작품이라고 할 수 있다.

선생은 2008년 격월간 『에세이스트』에 「시추의 봉변」으로 등단했다. 「시추의 봉변」은 작가가 사업에 실패하고 아버지가 마련해 놓은 경기도 어느 산골의 오두막에 살 때의 이야기다. 이종구 화가의 그림을 함께 실어 상상력을 키운 점이 특히 새로웠고 반응은 가히 성공적이었다. 자신이 키우던 강아지(시추)와 계곡에 놀러온 관광객의 또 다른 시추를 혼동하며 벌어진 해프닝으로, 읽는 내내 웃음을 멈추지 못했다. 활어처럼 팔딱거리며 치고 나아가는 문장은 읽는 이의 기분을 한껏 부풀게 했다.

그의 글에는 중독성이 있다. 수필이면서도 수필이 아닌 듯한 그의 작품은 어디 한 곳 독자를 외롭게 하는 구석이 없다. 작품 안으로 끌어들여 맘껏 즐기게 한다. 「구시렁」에서는 지하철 승객들의 천태만상을 객관적으로 세밀하게 묘사해 독자의 시선을 끌어당긴다. 그 글을 읽은 많은 이들은 '그만이 쓸 수 있는 글이고, 그였기에 가능한 글'이라고 입을 모았다. 「재수 없는 날」은 어떤가. 그는 자신보다 키가 큰 여성과 부딪혀 오른쪽 머리 위부터 커피를 뒤집어쓰는 낭패를 당한다. 수필 속 주인공을 위해 한 말씀해주는 이에게 짧은 말로 일갈하여 웃는 역할은 독자들에게 맡기지 않던가.

그는 우리 수필문단의 찰리 채플린이며 구봉서이다. 이처럼 김삼진의 작품들은 특유의 골계미가 돋보인다. 그뿐이 아니다. 함께 웃지만 마냥 웃을 수만은 없는, 독특한 그만의 페이소스도 담겨 있다. 김삼진 선생이 자신의 수필 끝부분에 의미 있는 방점을 찍으려 노력한 문장에는 여느 수필가가 지니지 못하는 그만의 풍자와 해학이 담겨 있다. 그의 다양한 작품을 읽으면서 저절로 느낄 수 있는 것은 저자의 식구들이 '절반의 소재'라는 것이다. 부모님과 형제의 맑고 순수한 삶에서 전해져오는 따뜻한 시선과 그들만의 리그에서 보여지는 위트는 누구도 넘볼 수 없는 김삼진 작가만의 '행복주머니'다.

치매 치료 중 하나인 색칠놀이를 하다 생긴 에피소드를 그린 「아버지의 반항」을 읽으면서는 작가의 아버님이 문득 뵙고 싶어졌다. 기회를

엿봤지만 좀처럼 쉽지는 않았다. 자주 만나는 사람도 약속 날 잡기가 어렵다. 하물며 한 번도 뵌 적이 없는 어르신을 만나는 데에야. 결국 만남을 미루다가 접한 작품이 「장가타령」이다.

꾸밈 없는 말과 행동, 수필로도 실천하는 작가

「장가타령」은 치매를 앓는 아버지가 당신의 아내를 연로한 어머니로 착각하고 어머니께 장가를 보내달라며 애원하는 작품이다. 아내는 70 평생 함께 산 사람을 놔두고 새 장가 가려는 남편을 이해할 수 없다. 버럭 소리 지르는 아내의 얼굴을 보며 뜨끔해하지만 언제 그랬냐는 듯 다시 '장가타령'이다. 작가는 매일 아버지로부터 '너는 장가 갔니? 아무개는 장가 간 거니?'라는 질문을 받는다. 매번 대답을 해드리는데도 늘 새롭게 물으시니 '환장'할 노릇이다. 아버지가 편찮으시다는 생각을 하기에 앞서 반복된 대답을 해야 하는 상황이 고되다. 고심 끝에 가계도家系圖를 만들고 그들이 결혼을 했고 2세를 뒀으며 그 아이들의 이름이 아무개라고 써놓았다. 하지만 아버지는 그것을 들여다보면서 골똘히 생각에 잠길 뿐이다.

"어머니."

억눌린 목소리였다. 아버지의 부인 신봉희 여사는 오늘도 아버지의 어머니가 되셨다.

......

"왜요, 또!"

어머니의 목소리가 차갑고 짧게 끊어졌다. 아버지는 어머니의 눈치를 잠시 살피더니 오랫동안 주머니 속에 숨겨둔 무언가를 꺼내 놓듯 머뭇거리며 말했다.

"어머니, 저만 못 갔어요. 저도 장가 좀 보내주세요."

......

어머니는 아무런 조치도 취해주지 않고 있다. 야속하다. 아버지의 표정을 얼른 살펴보았다. 금방이라도 울음보가 터질 듯했다. 나는 헛기침을 하며 슬며시 일어나 가스불에 국냄비를 올렸다. 내일은 잠시라도 아버지의 기억이 온전히 돌아와 평안해질 수 있을까.

국이 자글자글 끓었다. 나는 아버지의 식은 국그릇에 뜨거운 국물을 가득 채워드렸다.

—「장가타령」중에서

모두 짝을 찾았는데 본인만 혼자다. 혼인한 적 없는 자신에게 '아버지'라고 부르는 초로의 남자 또한 이상하다. 그러면서 연로하신 어머니를 모시려면 이제라도 장가를 가야 하는데 아직도 이러고 있으니 어찌하느냐며 통탄한다.

나는 발문을 쓰면서 선생의 '효심'에 대해 굳이 언급하고 싶지는 않다. 다만 김삼진 선생의 첫 수필집『나는 늙지 않는다』를 읽는 이들이 어떻게 공감할 것인가에 관심을 둘 것이다. 그의 글들은 솔직하다. 수필이어서 솔직한 것이 아닌, 그의 말과 행동처럼 꾸밈이 없다는 것이다. 문학적 장치니 뭐니 하며 갖은 미사여구와 단어들로 꾸며진 작품과는 사뭇 다르다. 자신이 무너져야 할 때를 스스로 알고, 일어서야 할 때를 독자에게 묻는다. 더불어 그는 실천하는 작가이다. 그가 하는 말은 그의 삶 자체다. 그 속에는 심금을 울리는 무언가가 있다. 그 '무언가'는 무엇인가.

김삼진 작가의 가장 최근작인 「나는 늙지 않는다」를 여러 번 읽었다. 이 글 한 편에는 그 동안 작가가 하고자 했던 말이 함축되었다고 볼 수 있겠다. 작가가 '나는 늙지 않는다'고 말하는 데에는 아직 그는 늙으면 안 된다는 강한 몸부림이 내포되어 있다. 그가 단지 자신의 도망치는 젊음을 붙잡으려 이 말을 강조했을 것이라고 생각하지 않는다. 그는 아직 늙을 수 없다. 이는 우리가 이제껏 그의 작품을 읽으며 느낀 바대로, 아직 부모님을 모셔야 하고, 아직 아내에게 해야 할 일이 남아 있으며 아직은 자식들과의 생활을 누려야 하기 때문이다.

99세 아버지 품에 안겨드릴 '늙지 않는 아들'의 첫 수필집

「나는 늙지 않는다」는 작가가 머리염색을 하느냐 마느냐를 두고 고민을 하는 이야기이다. 뉴질랜드에서 온 둘째형은 며칠 전 염색을 한 작가에게 '늙어 보이지 않으려고 안간힘을 쓴다'는 등 '순리'를 거스르지 말라는 둥하며 작가의 심기를 건드린다. 그는 염색을 끊기로 한다. 형의 말을 따랐다기보다는 잘 보이고 싶은 사람도 없고 특별히 외모에 신경을 쓸 정도로 외출이 잦은 것도 아니었다. 그 무엇보다 귀찮았다. 어느 날 길 가던 여학생으로부터 '할아버지'라는 말을 듣고 충격을 받은 후 고심 끝에 다시 염색을 하기로 결심한다. 작가는 추해보이는 것이 싫어서 염색을 했다고 독자를 설득한다. 평소 옷 잘 입고 깔끔하기로 둘째가라면 서러워할 분이 아닌가. 그런 그가 단지 '할아버지' 소리를 들었다 해서 염색을 했을 리는 없다. 어쩌면 99세의 아버지보다도 더 하얘진 자신의 머리카락을 감추고 싶은 마음이 컸던 것인지도 모른다.

글의 말미에서 작가는 늙음을 거부하는 자신의 주장을 밝힌다.

초고령화시대니, 백세시대가 열렸느니 하는 판에 노인 행세를 할 수는 없다. 옛날 평균 연령이 40대였던 시대엔 서른 중반만 되어도 뒷짐 지고 팔자걸음으로 헛기침하며 늙은이 행세를 했을지 모르지만 지금 시대엔 그렇게 했다가는 웃음거리가 될 뿐이다.

......

아직은 체력도 여전하고 생각도 젊다.

......

염색을 포기할 나이가 일흔이 될지 여든이 될지는 모르지만 그때가 되면 나도 순리라고 생각하고 순순히 받아들이련다. 적어도 지금은 아니다.

　그의 주장에 반론을 제기할 사람은 없을 것이다. 인생 칠십이 청춘이고 백 세까지 살아간다는 지금 시대에 그는 아직도 젊고 할 일이 많은 사람이다. 더욱이 이제 첫 수필집을 출간하였다. 앞으로 신인이란 허울을 벗고 더 많은 수필을 발표하고 몇 권의 수필집도 더 펴낼 것이 뻔한데 누가 과연 그더러 늙었다고 할 것인가.

　이제와 생각해 보니 그의 첫 수필집에 발문을 쓰게 된 것은 잘한 일이지 싶다. 이번 작업은 그의 친구로서의 필자가 아닌, 순수한 독자로서 그에게로 한 발 더 다가가는 계기가 되었기 때문에 퍽 즐거웠다.

　나는 그의 첫 수필집의 글을 대하면서 주차청의「아버지의 뒷모습」을 떠올렸다. 자식을 위해서라면 무엇도 두려울 게 없는 아버지. 자신의 모든 것을 자식에게 내주고 뒷모습을 보이며 쓸쓸히 멀어져가는 우리들의 아버지를 보았다고나 할까. 김삼진 선생이 아버지의 품 안에 '늙지 않는' 아들의 첫 수필집을 안겨드릴 그날을 기대하며 이 글을 마친다. 그날 이후로도 그는 계속 늙지 않을 것이다. 아니, 늙을 수가 없다.

나는 늙지 않는다

지은이_ 김삼진
펴낸이_ 조현석
펴낸곳_ 북인
디자인_ 푸른영토

1판 1쇄_ 2015년 05월 08일

출판등록번호_ 313 - 2004 - 000111
주소_ 121 - 842 서울 마포구 서교동 467 - 4, 301호
전화_ 02 - 323 - 7767
팩스_ 02 - 323 - 7845

ISBN 978 - 89 - 97150 - 81 - 6   03810